MW01600486

Reencuentro del amor de un emigrante

Yoenis López Blanco

Reencuentro del amor de un emigrante

Novela

ALEXANDRIA
LIBRARY
PUBLISHING HOUSE
MIAMI

Reencuentro del amor de un emigrante

@ Yoenis López Blanco, 2022.

ISBN: 979-8366078177

Library of Congress Control Number (LoC):

2022922662

Edición y composición de interiores y cubierta:

Vilma Cebrián

www.alexlib.com

Imagen de portada:

Shutterstock 551919784

Dedicatoria

A mi padre, Tomás López Álvarez
Por inculcarme el mundo de la lectura
y en el arte de escribir.

A mis hijas
Por convertirme en un mejor papá cada día.

A mi familia y amigos
Por su apoyo y colaboración
con anécdotas para la historia.

En especial, a los emigrantes
Que enfrentan muchos retos para hacer realidad
sus sueños en un mundo mejor.

Introducción

El amor es el sentimiento más universal y supremo, diverso y en ocasiones inexplicable, que no tiene fronteras, edad, credo ni religión. Es motivo de alegría para la mayoría de los seres humanos, y motor impulsor para el logro de muchas metas.

Con esta historia quiero recrear algunas de esas formas de amar y de la fuerza de este sentimiento. Cuento una secuencia de hechos de la vida de un hombre, que jamás pensó disfrutar el amor de un hijo de sangre, pero tomó decisiones difíciles y peligrosas hasta lograr llegar al encuentro de su descendencia.

Reencuentro del amor de un emigrante

Continúo bajo este árbol cerca de mi casa, con esta lluvia que no deja de caer. No puedo estar tanto tiempo así, mi salud no me acompaña, padezco de alergias y asma bronquial. Pero aun así mi mente no deja de pensar en el encuentro anhelado con María Caridad, la dueña de mi amor, de mi mente y de mis más locas y apasionadas noches.

Mi sistema inmune parece entrar en funcionamiento, pues comienzo a estornudar y me hace reaccionar, no puedo seguir aquí. El sonido de la lluvia se siente aumentar cada vez más. No me queda otra opción que utilizar este pedazo de periódico para cubrirme la cabeza y salir corriendo hasta mi casa.

—¡Llegué! —anuncio al entrar.

Veo salir rápidamente de la cocina su figura, con su pelo suelto y bailando al compás de sus movimientos. Su mano se mueve para contenerlo y colocar detrás de su oreja un flequillo que cae sobre su cara. Junto a mí, sus labios dejan escapar la voz dulce para reclamar su beso.

—Hola amor, un beso —me recibe María Caridad.

Nos dimos un beso de saludo y le acaricio rápidamente el brazo de arriba hacia abajo para terminar en la mano.

—¡Mira para eso, qué mojado estás! —me dice— ¡Pasa directo para el baño y quítate esa ropa, que te me enfermas! Enseguida te llevo el agua caliente. De paso cerraré la puerta, que la lluvia entra por lo fuerte que está batiendo el viento.

—Gracias mi amor —le respondo con cariño—. Oye, que rico huele eso que cocinas. Hmm...

—Te estoy haciendo una cena rica, para chuparse los dedos, a ver si hoy te comportas en la cama mucho mejor.

—Ah. Je, je, je... tan llorona que eres. ¿Para qué hablas de esa forma?

—Bueno, báñate para cenar y ya veremos —me dice con coquetería.

—Bien, cariño.

Al salir del baño encontré la mesa servida, reinaban las luces de las velas, dando un ambiente romántico a la habitación. Afuera sonaba la lluvia; las ráfagas de viento en la puerta y ventanas pronosticaban que el tiempo no mejoraría. En la mesa, junto a la comida, una botella de vino y dos copas. Ella estaba vestida con un vestido blanco, de tela muy suave, dibujando su cuerpo de perfectas curvas. El escote bien pronunciado dejaba ver parte de sus perfectos y prominentes senos, y aunque era largo, la abertura del costado mostraba parte de sus piernas de forma tentadora. Un búcaro con flores de azucenas adornaba el centro de la mesa y desprendían su olor característico.

—Ven, siéntate mi amor, que hice la carne asada que te gusta tanto —dice con cariño.

—Mi vida, ¡cómo me conoces!

Le di un beso apretado en la frente. Me senté y ella rozó sutilmente mi mano al tomar mi plato, me miraba fijamente con sus lindos ojos. Me dio de su carne con tal ternura que la piel se me puso de gallina y mi corazón latía aceleradamente, pues vislumbraba una noche excepcional. Mientras cenábamos abrió la botella de vino y vertió parte de su contenido en las copas, entregándome una de ellas.

—Amor, brindemos por la vida, por este amor de nosotros.

—Brindemos, por ti, por lo bella que eres.

Lo hicimos tomándonos las manos, acariciándolas y besándolas de vez en cuando. Ella se levantó y, acercándose lentamente hasta donde yo estaba, me acaricio el mentón, rozó con su dedo gordo mis labios y sintió mi respiración algo agitada. Se separó y recogió la mesa, llevando los platos a la cocina, con una cadencia irresistible que mis ojos tenían que seguir. No aguanté estar sentado y le seguí los pasos, deteniéndome a unos centímetros detrás de ella para contemplar su hermoso cuerpo. Ella es mi gordita, apasionada y muy femenina; de piel suave y carácter bello. Estas cualidades y más, la convertían en una mujer excepcional.

Me acerco a ella despacio, suavemente le toco con mi mano izquierda los glúteos y con la otra le tomo la mano. La acaricio lento, con delicadeza, pero apasionadamente. Su cabello largo y sedoso desprende un olor embriagador, su cuello invita a besar. Ella se da vuelta y me mira con esos ojos negros como de azabache e infinitos como el universo, dulces y apasionados causando tanto placer.

Nos acercamos lentamente los dos muy, pero muy despacito, hasta chocar sus labios con los míos y comenzar a besarnos. Luego ella se separa de mí y apaga las luces, me toma de la mano y me conduce al cuarto que está ambientado para la ocasión. Una luz tenue ilumina sus ojos que brillan como estrellas en el firmamento y un perfume a rosas invade la habitación. Se acerca suavemente y escucho su corazón agitarse al igual que su respiración.

Sus manos escudriñan todo mi cuerpo hasta llegar a los lugares más insospechados, y al mismo tiempo, me besa vehementemente. Nuestros corazones laten rápidamente a un mismo ritmo, y las caricias mutuas estimulan las hormonas que brotan como ríos crecidos. Mis manos no pueden estar tranquilas y tocan aquellos lugares donde un simple roce pone los pelos de punta, denotando el placer que provoca. Las ropas sobran y van a parar al piso, desparramadas por doquier. Nuestros cuerpos, libres de ataduras como vinieron a este

Yoenis López Blanco

mundo, se hacen uno en un fuerte abrazo, para luego separarnos y deleitar la vista. La separación dura tan solo unos instantes, pues nuestros cuerpos, polarizados, se atraen como imanes. Mi lengua saborea cada pedazo de piel, empezando por sus pies blancos y suaves, para continuar escalando por los valles y protuberancias. De su boca exhalan sonidos de placer que me hacen estimular aún más, revelado por la dureza de mi virilidad. Los sonidos son ahogados por unos besos infinitos, llenos de placer y ternura. Nuevamente nos hacemos una sola pieza al unirnos una y otra vez, aumentando el placer hasta una explosión desmedida, olvidándonos de todo, hasta del mismo tiempo.

Después de un goce intenso quedamos desnudos acariciándonos, ella encima de mí, con su cabeza sobre mi pecho. Mis manos sienten su piel suave de su espalda y su pelo entre mis dedos para caer en un sueño placentero y seguir amándonos en nuestros sueños. Sus ojos cerrados dan la impresión de un sueño profundo, cuando de repente se escucha su voz.

—¿Sabes de qué me estoy acordando?

—No me imagino qué puede ser, estoy extasiado por tu amor y lo de hace unos momentos ha sido inolvidable.

Los dos nos echamos a reír de alegría, recordando todo lo vivido esa noche.

—No, chico, es verdad que nunca olvidaré este momento, pero no era eso —me dice—. Era de nuestra primera vez. ¿Te acuerdas?

—Claro, ¡cómo podría olvidarlo!

—Eras un hombrecito y yo seis años mayor, tenías experiencia, pero muy poca, pero sí unos deseos inmensos de amar y entregarte completo.

—¿Y ahora qué soy? —pregunto.

—Ahora eres un hombre con experiencia, con más ganas de amar. En aquella ocasión los nervios te traicionaron.

—Es verdad, estaba muy nervioso, no sé por qué, pero lo estaba. Parece que estaba impaciente, no quería que sintieras que no estaba a tu altura.

—Sí, siempre imaginé que eso era lo que sentías en esa ocasión. Estabas pálido y sudabas. Percibí que tus deseos de estar conmigo eran tantos que los nervios te traicionaban y tu cuerpo no respondía acorde a la ocasión. Tenía que lograr que te sintieras cómodo y relajado.

—Es verdad, recuerdo que las piernas me temblaban ¡y sudaba muy frío!

—Entonces puse una música romántica suave y te tomé de la mano, animándote a bailar lentamente y muy cerquita, sintiendo nuestros corazones latir con tanta fuerza, que parecía que se querían escapar del pecho para encontrarse. Te abracé fuertemente y susurré a tu oído bien bajito: "me gustas mucho". Sentí cómo empezabas a relajarte, pues ya no sudabas y recuperabas tu color de piel.

—Cierto, aquella música ayudó mucho, esa es la verdad —confesé.

—Me separé un poquito para lograr ver tus labios y decirte cuánto me gustaban, sonreíste y no aguanté más, tuve que besarlos. Me respondiste con un beso suave y apasionado. Desde ese momento olvidamos todo. Nos quitamos la ropa con frenética locura, ya no escuchábamos la música, solo nuestros corazones y la respiración agitada.

—Y yo sentí cómo mi cuerpo me respondía y te hice mía penetrándote con tal intensidad como nunca hasta el momento. Sentí que te entregabas completa, con mente y corazón, para amarme por toda la vida.

—Tienes razón amor, me has dado la oportunidad de volver a creer en el amor puro y limpio, algo que pensé que ya no existía. Te convertiste en mi vida, mi luz, mi hombre.

—¿Sabes que esta conversación ha provocado recuerdos muy gratos?

—Sí

—Entonces dime ¿qué cosa es?

—Yo no te voy a decir, solo te responderé con acciones.

Me mira con una ternura que cala hasta los huesos y me empieza a acariciar con sus suaves manos los labios, para luego darle paso a sus besos intensos. Sus manos no se detienen y cual culebra con su presa aprieta por doquier. Los efectos no se hacen esperar, mi cuerpo, cual volcán en erupción aumenta su temperatura. Ella, como amazona experta, cabalga sobre mi cuerpo con movimientos únicos y me toma del pelo como bridas, tirando suavemente de ellos, estimulándome aún más. A intervalos siento sus dentelladas leves y su lengua en mi cuello hasta que de un tirón mi cuerpo se estremece y mi mente ve miles de estrellas, cual astronauta en el espacio exterior.

Caemos exhaustos de placer, entrando en un sueño placentero y reparador por al menos 2 horas, cuando el sonido de un sollozo me despierta.

—¿Mi amor, tú estas llorando? —le pregunto.

—Disculpa, te desperté.

—¿Y por qué estas llorando? ¿Te duele algo?

—No.

—¿He hecho algo que no debía hacer?

—No

—Y entonces, ¿por qué lloras?, nadie llora por gusto insistí.

De sus bellos ojos salían lágrimas a raudales y un nudo en la garganta le ahogaba las palabras.

—Disculpa mi amor, la vida es muy complicada —al fin me dice—. Te quiero mucho, quiero que lo sepas.

—Yo también te quiero mucho y sé que me quieres también. Por eso no entiendo por qué lloras, si no te duele algo. No te pongas así, mi vida, y dime qué es lo que te pasa. Me estas asustando.

—Disculpa, es que no es fácil para mí. Déjame hablar y no me interrumpas.

—Está bien, dejo que me expliques. Pero lo haces ya, de una vez.

—Tú fuiste mi tabla de salvación cuando me quedé sola con el niño pequeño —comienza ella—. Cuando ya no tenía esperanzas y estaba en el fondo del túnel oscuro. Fuiste mi consuelo de encontrar el verdadero y puro amor. Me has protegido a mí y al niño como si fuera tu propio hijo. El niño quiere a su padre por la condición de padre. Pero sé que a ti también te quiere como al padre que has sabido ser para él.

Y con la voz entrecortada por el llanto continúa diciendo:

—Su padre quiere brindarle lo que no ha podido hasta el momento.

Veo que esto no está tomando un buen rumbo y me empiezo a molestar.

—¿Y qué quiere decir eso a estas alturas, María Caridad? Me estas asustando, no des más vueltas al asunto y acaba de decir qué está pasando.

Acalorado por la situación, mi rostro se transforma, tomando un color rojizo:

—Háblame claro y rápido. ¿Qué pasa?

—El padre quiere tenerlo junto a él.

—Ah, me parece bien —argumento—. El padre también tiene todo el derecho de tener al niño. Además yo no veo como mal padre a Alberto, lo que pasa que nos ha tocado vivir una etapa muy difícil. Pienso, si es que me estas pidiendo mi criterio, que Albertico puede pasar más tiempo con su padre; no solo el tiempo de los paseos, si no quedarse con él algunos fines de semana. Por eso no dejarás de ser una excelente madre, al contrario, vas a hacer que el niño sea más feliz.

—Pero es que no es solo eso… —admitió.

—Entonces, ¿qué es? ¡Acaba de hablar de una vez! Porque yo no quiero imaginarme que Alberto quiera llevarse al niño a vivir con él.

—No es tan así. Pero debes entender, mi amor, que el niño no puede estar sin mí.

—Es cierto, pero ya está un poco crecidito. Déjalo que se quede al menos una noche, si el padre no vive tan lejos. Cualquier cosa vamos y lo buscamos en la noche. Piensa que debes darles esa oportunidad al niño y a su padre.

—Escúchame amor, por favor. Vas a dejarme hablar? Yo quiero explicarte y tú no me dejas. Por favor.

—Está bien, te dejo. Sigue, explícate de una vez.

—Hace como dos años, no estoy segura del tiempo, el papá de del niño y su familia entraron en el sorteo de visas que hay para irse para el Yuma (EEUU), lo hicieron buscando esa posibilidad de tener una mejor forma de vivir, y al fin les ha llegado dicho sorteo.

—¡Concho!, qué bueno por él, se sacó la lotería. ¡Qué suerte ha tenido!

—Espera un momento amor, ahí no acaba todo.

—Disculpa, he sido muy injusto contigo al pensar otras cosas. Ahora es que entiendo por qué estás llorando tanto, por lo que puede sufrir el niño al no tener al papá cerca.

—No, no es eso.

—Bueno, entonces acaba de decir para que yo pueda entender y ver en qué puedo ayudarte.

—Sabes que yo me casé con Alberto, me separé de él y luego, gracias a Dios nos conocimos tú y yo. Pero todavía, aunque no se crea, seguimos casados legalmente.

—¿Y qué importa eso? Sigue rápido pues no me está gustando el rumbo de esta conversación.

Estoy desesperado, que acabe de hablar y explicarme, pero para males de males se queda todo a oscuras. Se acaba de ir el fluido eléctrico, como en días anteriores. Me molesto por la situación y ella, para que no me desespere más, prende rápidamente un fósforo y enciende una vela mientras continúa hablando.

—Lo que pasa es que el niño y yo también tenemos la posibilidad de irnos con Alberto para los Estados Unidos. Alberto tiene razón en cuanto a eso de que si nos vamos el niño tendría un futuro mejor.

Mi respiración comienza a sentirse pesada y gruesas gotas de sudor corren por mi frente. Mi corazón siente miedo al creer que perderé al amor de mi vida. Me paso la mano por toda la cabeza hasta dejarla caer en el cuello, tratando de dar un auto masaje, pues siento que me explotará con tal información. Un amasijo de dudas vienen a mí: ya no me quiere, o nunca dejó de querer a su ex marido y lo nuestro ha sido una mentira. Con el rostro contraído por la confusión, tristeza y enojo, todo a la vez, empiezo a hablar:

—Ya veo por dónde vienes.

—No es lo que estás pensando. Yo te amo y jamás te he traicionado.

Se levanta rápidamente de la cama y se viste, con un poco de molestia al ver que estoy dudando de ella.

—Yo no soy ninguna mujerzuela, ¿me has escuchado bien?

—Ah, ahora resulta que la princesa se siente ofendida.

—Sí claro, si en tu mirada veo la duda y el reproche. Como si yo no te importara ya por lo que te acabo de decir.

—Ah, ah, es que para ti, que llore y suplique para que no vuelvas con tu ex marido, es amor de verdad. Y quiero aclararte algo, nunca he pensado que eres una mujerzuela. Y si estoy algo calmado es por fuera, porque por dentro estoy rabioso, furioso, que no sé de lo que sería capaz de hacer.

—¿Realmente en qué estás pensando?

—No te preocupes, que yo nunca he lastimado a nadie y mucho menos a una mujer que he amado con toda mi vida. Pero jamás te obligaría a que me quisieras. A pesar de todo agradezco que más temprano que tarde me hayas dicho que me has engañado.

—Pero hijo de tu madre, si yo no te he traicionado.

De sus ojos empiezan a salir lágrimas de tristeza y se sienta, como si su cuerpo se derrumbara.

—Entiende de una vez que yo te amo, que tú eres mi vida, el hombre que siempre quise y esperé por muchos años.

—Vaya manera de sentimiento marchándote con otro —le digo.

Ella se gira hacia mí, tomándome la cara con ambas manos como para que no me escapara de su mirada, obligándome a mirarla a los ojos, esos ojos que he amado tanto.

—No es así, mira, mira, discúlpame una y mil veces. Te quiero y te amo con todo mi corazón. Pero no puedo negarle un mundo mejor a mi pequeño. Sé que no solo el papá, sino que yo también puedo ofrecerle algo mejor, aunque para ello tenga que sacrificar mi felicidad.

—¡Has acabado con todo lo que ha existido entre nosotros!

—Yo no estoy acabando con esto tan bonito que hemos creado. ¡Para nada! Solo es una prueba que nos pone el destino.

—Vaya prueba del destino, no le pedí nada, yo estaba muy bien hasta el momento.

Ella sigue con los ojos llenos de lágrimas, agitada y muy nerviosa, tratando de explicar todo, incluso lo que está por llegar.

—Mírame, por favor, y trata de comprenderme. Estoy cansada de verte trabajar todos los días como un animal y al final tener tantas necesidades. Entiéndeme, es una gran oportunidad para todos de salir de esta vida llena de necesidades.

—Disculpa, la oportunidad es tuya, no mía. Y si lo que estás pensando es que cuando vengas de vacaciones a este país yo seré tu amante, pues te informo que te equivocas medio a medio conmigo. Pues cuando salga de aquí no pienso volver nunca más contigo —le dije.

—Tú y yo nunca nos vamos a dejar —continuó—. Además debes cambiar esa mentalidad de conformismo, de pobreza. ¿No te das cuenta que nunca podemos darnos ningún gustico, como salir a un buen restaurante, hoteles, mucho menos de viajar, conocer otros lugares, incluso dentro de nuestro propio país? ¿Que el salario no nos alcanza para llegar a fin de mes?

—Ah caramba, si lo tenías todo muy bien pensado, ¿verdad?

—No, no es así.

—No, claro, ¿qué me vas a decir?

María Caridad lloraba a pesar de ser ella quién me cambiaba por un futuro desconocido, que imaginaba mejor. Pero aun así, yo sentía deseos de abrazarla y besarla, consolarla y poder secar sus lágrimas que no dejaban de escapar de esos ojos infinitos. ¡Lo que es el amor! Nos hace pensar hacer las cosas de una manera que el orgullo no nos permite. Sentí que mi corazón se quebraba en mil pedazos, y que no tendría arreglo nunca más.

—Por favor, ayúdame a que esta situación no sea tan difícil para los dos —me dijo.

—¿Cómo me pides eso? Tú creaste esta situación y encima yo tengo que estar a favor tuyo. ¿No crees que estás pidiendo demasiado?

María Caridad, al ver que no tenía caso tratar de convencerme de aquella decisión y que estaba muy molesto, decidió decirme la única razón por la cual creía que yo la entendería:

—Además, sabes que yo no puedo tener más hijos.

—¡Ahora sí! —increpé—. Ya lo tuyo es demasiada bajeza. Tú sabes mejor que nadie que sé eso de sobra y aun así, no ha sido impedimento para amarnos con locura. Tú tienes un hijo, yo no seré el padre biológico, pero me siento como un padre para tu niño. Incluso, él me ve a mí como un padre y eso nunca va a cambiar, porque yo siempre lo amaré como mi hijo.

—Y yo no estoy en contra, es más, estoy muy feliz que sea así. Soy muy afortunada por ese amor que siempre nos diste sin condición alguna. Pero creo que estas en el derecho y te mereces amar y ser amado por tus dos hijas.

Sin entender lo que habla, y aún más molesto, pregunto:

—¿Qué es eso que estás inventando ahora? Si tú mejor que nadie sabes que yo no tengo hijos propios, a no ser Albertico, tu hijo.

—Estoy hablando de las dos hijas bellas que tienes con Taimí.

—Ahora quieres que te crea el cuento ese que me estás haciendo —continué—. Todo para que olvide o esté de acuerdo con tu decisión.

—Tú tienes dos hijas con Taimí —insistió—. Ella nunca te lo ha dicho y las oculta de ti. Corazón, ella nunca te perdonó y sigue resentida por no haberte ido con ella.

—Espera, espera, espera. Si vas a seguir con lo mismo explícate mejor, porque no acabo de entender qué tiene que ver tu decisión con lo que me estás diciendo, que parece más invento que otra cosa. Es más, voy a hacer un esfuerzo por los años que hemos vivido juntos y creo, a pesar de todo lo de hoy, que eres una persona que no juega con esas cosas.

—Bien, te diré. El papá del niño vio las fotos de las niñas en la casa de la abuela de Taimí.

—¿Cómo saben que son mis hijas? ¿Cómo nadie ha visto esas fotos antes?

—Recuerda que esa casa es inmensa, y que ellas, al tener familia en el extranjero, viven como reyes. Además, no todos los que visitan esa casa entran por su parte delantera. Casi todos entran por la puerta de atrás, hasta la terraza, y algunos hasta la cocina.

Yo ya estoy intrigado con toda esta historia. Siempre he querido tener hijos que me llenen de amor, poder verlos crecer, hacer por ellos lo posible y lo imposible tan solo por verlos sonreír. Por eso continué:

—¿Y qué más?

—Como Alberto pronto se va para el Yuma, a él y su familia lo recibieron por el frente de la casa.

—¿Y Alberto y su familia a qué fueron a esa casa?

—Fueron a pedirle dinero prestado para utilizarlo en el viaje a los Estados Unidos de toda la familia.

—¿Y qué más? Dime.

—Dice Alberto que los invitaron a pasar a la sala de la casa. Que todo es muy lindo por dentro, las cortinas bellísimas, la decoración impecable. Todo muy hermoso.

—No me interesan esos detalles, ve al asunto que interesa, por favor.

—Resulta ser que en la pared de la sala que da a la calle, hay dos portarretratos bien grandes de las niñas. Según Alberto y su familia las niñas son idénticas a ti y a tu familia. Incluso, la mayor tiene el color de piel morena de tu mamá y la menor, blanca como tu papá.

Yo no sé qué decir de todo aquello que me cuenta María Caridad, parece una historia de telenovela pues yo nunca he visto esas niñas de las que me habla. Pero me quedo en silencio para no perderme nada, ni un detalle. Ella continuó:

Cuando la abuela de Taimí se percató que Alberto y su familia miraban con mucha curiosidad las fotografías de las niñas y que algunos estaban murmurando, rápidamente los invitó a pasar a la terraza de la casa, argumentando que allí se sentirían más cómodos y como en familia.

—Y entonces, ¿qué más pasó?

—Según Alberto, al rato de estar hablando con la abuela, llego Taimí con unas jabas llenas de víveres, al parecer de las tiendas en divisa. Los saludó muy contenta por la noticia del viaje y terminaron de hablar sobre el préstamo del dinero.

—¿Taimí está aún aquí en Cuba?

—Sí claro, todo eso pasó ayer en la tarde. Además, Taimí ha venido varias veces a Cuba, pero según me han dicho siempre viene a la ciudad de Bayamo sola, sin las niñas. Me dijeron que siempre las niñas se quedan en la Habana o en los hoteles de los cayos, lejos de la ciudad de Bayamo.

—Si eso que me cuentas es cierto, Taimí no quiere o no le conviene que yo vea a las niñas, si es que se parecen tanto a mí, como dices.

—Alberto no sabía que habías tenido algo con Taimí y cuando vio las fotos fue tan evidente para él que me lo contó todo. Yo estoy muy contenta de saber que tienes esas dos hermosuras. Siento deseos de conocerlas, abrazarlas y besarlas porque sé que eso te hace muy feliz. Además, yo las siento ya como mis hijas también.

—Mira, si todo esto es verdad, yo estoy muy contento de que sientas ese cariño aún sin conocerlas. Pero no quieras esconder lo que has hecho con la noticia de mis hijas, pues eso yo nunca te lo perdonaré.

Ella me mira fijamente por unos instantes con ternura, como para convencerme de algo, y luego me dice:

—Yo te conozco muy bien y sé que este amor nuestro no termina aquí. Que más temprano que tarde terminarás viviendo conmigo, aunque sea en otro país.

Yo abro bien grande los ojos pues estoy asombrado de tanto descaro de María Caridad, al pensar que puedo perdonarle irse con su ex marido. Muevo la cabeza a ambos lados en señal de desaprobación.

—Sí, claro. Soñar no cuesta nada. Así que sigue soñando.

—Tú sabes mejor que nadie que yo no te he traicionado, ni lo haré nunca. Soy toda tuya y siempre lo seré.

—Me iré a vivir para la casa de mis padres. Esta casa la puedes vender con todo lo que está dentro, y ese dinero llevártelo, lo puedes necesitar. Más en un país donde no tienes familia ni nadie que te pueda ayudar.

—No, no, no. ¿Cómo crees que puedo hacer eso? Eso no es así. El asunto ya está hablado, yo me voy con mi hijo porque supe lo de las niñas y sé que tienes que ir a verlas. Si Taimí no ha sido capaz de presentarte a tus hijas a estas alturas de la vida, me imagino que no lo hará jamás.

Ya no soporto esta conversación y doy paseítos de un lado para otro. De vez en cuando me paso la mano por la cabeza, como para asimilar tantas cosas a la vez, otras me sonrío al pensar en la posibilidad real de tener dos niñas. No sé cómo será de ahora en delante mi vida con este giro inesperado, son dos cosas que no esperaba. Bueno siempre quise tener hijos, pero enterarme de que me esconden dos, ya es mucho.

—En cuanto a la casa —sigue diciendo ella—, yo le dije a Alberto que la casa con todo lo que está dentro es tuya. Fueron dos mis condiciones, la casa y que yo sigo siendo solo tu mujer. Dejé bien claro con él, que solo me voy por el niño.

Me parece mentira todo aquello que habla María Caridad. ¿Cómo puede pensar que sigue siendo mi mujer si es que se marcha tan lejos, con su ex marido, a un lugar adonde una persona como yo no puede viajar con facilidad?

—Pues yo ya no soy tu marido. Pensé que lo nuestro era sólido como roca de granito, pero no es así. No me tuviste en cuenta para tomar una decisión que nos afecta a todos.

—Recuerda que me he enterado ayer en la tarde. ¡Te lo he contado lo más pronto posible!

Ya no doy más con esta situación, ella tratando de convencerme de algo que no es comprensible de ninguna forma. Ya está amaneciendo y afuera parece que ha dejado de llover, al menos por el momento.

—Está bueno ya, no sigamos hablando de eso. Usted concéntrese en su viaje y que le vaya bien en su nueva vida junto al papá del niño. Yo tengo mucho que hacer, lo primero es contactar a Taimí para que me aclare bien toda esta historia que me contaste.

No puedo evitar seguir pensando en todo lo que acaba de suceder. María Caridad había contado toda la historia de mis hijas con tal emoción como si fueran sus propias hijas; eso me gustó mucho, pues me demuestra el amor que siente por mí. Pero no puedo escuchar a mi corazón, mi orgullo de hombre está herido. Sus ojos están enrojecidos de tanto llorar y su cara refleja la tristeza que siente al saber que no quiero mantener nuestra relación. A intervalos salen de sus ojos lágrimas que trata de contener, pero es imposible. He tomado una decisión, por lo que saco un maletín y ropas del closet, y comienzo a empacar.

—¿Qué vas a hacer?

—Primeramente voy a la casa de mi madre, y luego buscaré a Taimí para aclarar todo esto.

—¡No tomes una decisión apresurada! Por favor.

—Me pediste de favor que te ayudara a que las cosas no fueran tan difíciles, y eso es lo que estoy haciendo.

No pienso entorpecer tu viaje. Solo te pido que me dejes ver al niño antes de irse para los Estados Unidos, quiero despedirme de él. Te lo voy agradecer.

Ella trata de abrazarme pero yo no la dejo, por el contrario, la aparto bruscamente de mí. Sigue insistiendo en convencerme que no la abandone, llorando a raudales.

—No seas tan cruel conmigo. Trata de pensar con la mente abierta y seguro podremos encontrar otra solución que no sea separarnos de esta forma. No eches por la borda tantos años de felicidad y amor.

—Cuídate mucho, y por favor, no me detengas más. Tú y yo hemos terminado.

Ella comprende que es en vano tratar de detenerme, por lo que trata de que recapacite más adelante:

—Está bien, vete. Sé que necesitas tiempo para poder procesar tanta información. Pero prométeme que más tarde, cuando estés más calmado; pensarás en nuestro amor, que no puede acabarse de esta forma.

Agarro mi maletín de ropa y salgo a pasos agigantados, como para escapar de un incendio. Al salir de la casa me detengo por unos instantes, respiro profundamente para coger fuerzas y abandonar al amor de mi vida. Continúo mi camino ya más lentamente, me siento muy apesadumbrado pero con una meta: saber si es verdad que tengo dos hijas. Ese pensamiento me alegra y veo el mundo de otra forma cuando veo pasar frente a mí un padre con su hija de la mano. Llego donde mis padres, que se asombran de verme con un maletín en brazos pero no me preguntan nada, solo me invitan a desayunar con ellos. Mis padres hablan y yo los miro, en ocasiones sonrío, pero mi mente no está conmigo, está con Taimí. Siento deseos de decirles que tienen dos nietas, hijas mías. Pero no lo hago, no puedo ilusionarlos sin saber la veracidad de esa información. Termino el desayuno rápidamente y salgo en busca de Taimí.

El corazón late fuertemente y se acelera a medida que me acerco a la casa de su abuela. Como la casona hace esquina, recorro sus dos lados para ver si veo a alguien de la casa y preguntarle por ella. En la calle hay algunos vecinos que me miran de reojo, yo los saludo con discreción y continúo. Las puertas y persianas de la casa están cerradas, por lo que sigo caminando dos cuadras más para no dar de qué hablar a los vecinos. Regreso para recorrer nuevamente la acera cercana a la casa. Cada minuto me llena de impaciencia, mi frente está llena de sudor, no solo por el caminar y el calor que hace desde bien temprano; es también por los nervios.

La puerta principal sigue cerrada, pero al llegar a la esquina diviso a un señor en un coche de tracción animal frente a la puerta del patio trasero. El señor vende plantas ornamentales y hay alguien de la casona comprando. Apuro mis pasos para lograr llegar antes de que termine de comprar, pero siento que el camino se hace más largo de lo que es. Casi llegando la señora que compra recoge las plantas que ha comprado y se dispone a entrar. No puedo dejar escapar esta oportunidad y grito:

—Señora, señora, ¡un momento por favor!

—Dígame, ¿qué desea usted? —me dice la trabajadora de la casa.

—Buenos días, es que necesito ver a Taimí.

—La señorita Taimí no está disponible en estos momentos. ¿Puede usted venir más tarde?

—Dígale que yo estoy aquí, ella sabe.

—¿Cuál es su nombre, señor?

—Por favor, dígale que alguien la busca en la puerta, y que es muy importante.

Se escucha una voz desde el interior de la casa que habla con la trabajadora. Mi corazón se acelera al reconocer la voz que viene acompañada de un aroma suave como de jazmín, y siento mis piernas flaquear por un instante.

Vienen a mí algunos recuerdos, de cuando fui feliz con mi primer amor, con el que conocí la sensación infinita del primer beso, aunque los dos éramos muy jóvenes. Siento cómo sus pasos se acercan a la puerta y un sudor frío comienza a acumularse en mi frente. Su mirada se clava en mis ojos mientras le habla a la empleada. Me escudriña con su mirada, tratando de descifrar cómo estoy.

—Señora Soledad, déjelo pasar, él nunca ha tenido vergüenza y morirá así, sin vergüenza alguna.

Yo respondo con cierta ironía, pues sé que eso la molesta y quiero sacarla de su zona de confort.

—¡Si tú lo dices!

—No tengo mucho tiempo para ti, y tú lo sabes. Pero te voy a dedicar unos minutos, al fin y al cabo yo sabía que vendrías y te estaba esperando. Vámonos para la sala donde nadie nos interrumpirá —me dice.

Ella va delante, rumbo a la sala de la casa y yo le sigo detrás pasando por la cocina, luego el comedor para llegar a la inmensa sala perfectamente adornada. Reconozco que quedé deslumbrado por el lujo en el que viven, pero lo que en realidad estaba loco por ver eran los retratos de los que me había hablado María Caridad. Al llegar a la sala mi vista fue directamente a esas dos preciosas caritas que parecían angelitos tiernos. Realmente se parecían muchísimo a mí, y a mi familia. Mis ojos se empezaron a empañar con las lágrimas que querían salir llenas de emoción. Ya estoy seguro que son mis hijas, aun cuando Taimí no me ha confirmado. Doy gracias a Dios por darme dos preciosas niñas, aunque haya pasado años sin saber de su existencia.

Taimí, aun cuando se está evidentemente enfadada por mi presencia, es educada como siempre y me pide que me siente.

—Siéntate por favor. Aquí, en este butacón para que estés frente a ellas, pues sé que vienes por eso. Supe por mi abuela que la familia de Alberto hicieron algunos comentarios cuando vieron las fotos de mis hijas. Así supe que vendrías.

Ocupo el lugar que ella me indica, extasiado con la belleza y ternura de mis hijas. Taimí también se sienta, muy cerca de mí, creo que siente mi respiración pues yo escucho la de ella. Casi no me salen las palabras, pero me esfuerzo para ver si Taimí acaba de confirmar lo que ya sé, nada más de ver el rostro de esas niñas. Trato de romper el silencio:

—¡Pues si sabías, mejor! Así no tengo ni que preguntar, pues ya sabes el motivo de mi visita. Solo quiero escucharlo de tus labios, pues ya estoy seguro que son mis niñas. Y confieso que estoy enamorado de ellas, pues veo en sus ojos lo amorosas, gentiles y amables que son. Ella se asombra al ver que soy directo y abre muy grande sus ojos azules.

—Yo sé que aunque te ofenda y te maltrate, te diga lo que te diga, no te sentirás ofendido. Porque sé que, en primer lugar, eres muy práctico para lograr tus metas. Si hasta el momento no te había dicho nada de la existencia de las niñas, pues corres el riesgo de pasar mucho tiempo sin verlas. Es por eso que tengo la seguridad de que diga lo que diga no te ofenderás. Porque no tienes vergüenza.

Y tenía mucha razón, pues yo sabía que me guardaba rencor y no quería provocarla pues cuando se molesta no es fácil convencerla de algo.

—¿Pero, por qué tanto odio?

—No, odio no, pues el odio es señal de amor y yo no puedo amar a un hombre que abandona a su novia, a su prometida.

—No, no, no digas eso, pues no es como estás diciendo.

—¿Ves? Ni al cabo de tantos años eres capaz de reconocer tus errores. ¡Eso no es de un hombre! Los hombres que se respetan, reconocen sus errores y enfrentan las consecuencias.

—No sé de qué estás hablando, si hasta hace unas horas no tenía ni idea de que era papá. ¿Cómo quieres que reconozca algún error? No entiendo nada —le argumento.

Ella se pone de pie, quedándose cerca de mí, y su piel blanca se torna rojiza por la indignación. Yo estoy confundido de que me juzgue por algo que no sabía, pero decidido a convencerla de que me deje ver a mis hijas:

—Taimí, por favor, no te pongas así.

—Lo que más me dolió fue quedar embarazada de ti en medio de toda esa situación en la que estábamos metidos, y que tú me abandonaras sin decirme nada.

—Pero lo que pasó ya es pasado. Ahora lo que importa es que ya sé de las niñas y quiero asumir mi papel de padre.

—¡Qué fácil! ¿Verdad? Para ti es fácil venir ahora a querer ser el mejor padre del mundo.

No aguanto más estar sentado y ella de pie. Tengo que hacer que me entienda y no puedo dejar escapar esta oportunidad. Me acerco un poco a ella lentamente para ver su reacción, y como veo que se queda quieta, me arriesgo y le tomo la mano como para recordar el amor que sentimos algún día en el pasado. Ella, algo nerviosa, trata de soltarse, pero no la dejo libre de mi mano y la miro fijamente a los ojos. Veo en ella cierta chispa de aquel amor que sentía por mí.

Noto que se ha puesto aún más nerviosa y se sienta nuevamente. Sus ojos se nublaron por un momento, quizás por recordar el pasado.

—Bien, te lo voy a contar de una vez —dijo—. ¡Espero me comprendas! Siéntate que es larga la historia.

Le hice caso y me senté cerca para no perder ni un solo detalle. Ella comenzó su relato.

—Tú mejor que nadie sabes que mis padres no te querían en el comienzo de nuestra relación. También sabes que casi toda mi familia se había marchado pa'l carajo de aquí; y que mis padres, mi hermano y yo nos marcharíamos en una lancha rápida por Media Luna. Recuerdas que los convencí para que te incluyeran en el viaje. Todo estaba listo para irnos y tú nunca apareciste.

En ese momento se escucha a la abuela pidiendo permiso para interrumpir por un momento la conversación. Ella se aleja un poco de mí y le dice a la abuela que pase.

—¿Desean algo para beber: un café, un refresco o una limonada fría? —nos ofrece.

—No abuela, gracias. Solo que nadie nos interrumpa, por favor.

—Está bien mi niña, como digas.

—Gracias.

La abuela sale y Taimí continúa:

—Como te iba diciendo, ¿sabes cuántas cosas me pasaron por la mente en aquel momento? Y ni hablar de lo que estaban pensando los que venían con nosotros en la travesía; todos tenían mucho miedo, pues creían que nos habías delatado con las autoridades.

Me sentí ofendido al saber que hasta ella pudo haber pensado eso de mí, pero me tragué el insulto para no malograr la conversación y solo le pregunté si pensaba que yo era un chivato.

—¿Y tú pensaste eso de mí? ¿Cómo podría yo delatar la salida y perjudicarte a ti y a tu familia? ¡Eso nunca!

Ella, con una voz suave y dulce me aclara rápidamente que no pensó así:

—¡Yo nunca lo pensé! Pero los demás sabían que estabas incluido en el viaje, pues mis padres habían pagado por ti. Además mi padre, que hasta el momento no te quería, habló muy fuerte y con convicción. Dijo que él ponía las manos al fuego por ti. Me sorprendió mucho su reacción, y sentí alivio y alegría en mi corazón al ver que ya te querían.

Ella se sonroja y se acerca un poco a mí, dando paso a ese amor de nuestra infancia y juventud. Me mira con ternura directamente a los ojos, y yo veo en sus ojos azules la ternura de aquellos años.

—En aquel tiempo éramos el uno para el otro. ¿Te imaginas si todo hubiese salido bien? ¡Lo felices que fuéramos hoy todos juntos!

Taimí de momento se entristece, y sus ojos se nublan de rabia, odio y dolor. Y habla enojada.

—¡Pero aún no me has dicho por qué no te fuiste!

—Como me avisaste con tan poco tiempo de antelación, no pude preparar a mis padres para darles la noticia. Sabes que me quieren mucho y no podía dejarlos sin decirles dónde estaría. ¡Te imaginas! Yo que siempre he sido muy unido a ellos, si me desaparecía así de repente por tantos días, se me morían.

Taimí está atenta, no se pierde nada, ni un movimiento de mis manos. Sus ojos tan expresivos parecen salirse de sus órbitas, para descubrir lo que diré a continuación.

—¿Y qué pasó? ¡Acaba de contar!

—Pues una de mis peores pesadillas. A mi viejo le dio un pre infarto.

—¿Cómo? ¿Que al señor Tomás López le dio un pre infarto? ¡No puede ser!

Ella se queda perpleja y yo triste al recordar aquel momento, en el que pensaba que mi viejo se moría por mi culpa. Unas lágrimas quieren salir de mis ojos, pero no las dejé. No podía demostrarle debilidad, tenía que ser fuerte; como aquel día cuando pensé que perdía a dos seres queridos: mi padre y al amor que se marchaba.

—Pues así fue. Corrí con él para el policlínico, le dieron los primeros auxilios y se lo llevaron para la sala de coronaria. Allí no permitían acompañantes, y mi madre y yo nos mantuvimos lo más cerca posible, esperando noticias. Mi madre lloraba sin parar, hasta que salió un médico para informarnos que por el momento estaba fuera de peligro, que ya había sido medicado; que era un hombre fuerte, pero que había que esperar, por lo que lo dejarían unos días en observación para ver la evolución.

Taimí duda nuevamente de lo que le estoy diciendo.

—Pero yo he venido varias veces a Cuba y nunca me enteré de ese pre infarto.

—Claro. ¿Cuántos años demoraste en venir? ¿Crees que alguien se iba a acordar de eso para contártelo?

—Bueno, es verdad, después de eso demoré en venir como dos o tres años.

—Pero eso no es todo. Al saber que mi padre estaba mejor, mi madre aún triste por mi padre y por mi decisión me dijo: "mi niño, tu padre se pondrá bien, si estás decidido y aún estas a tiempo, ve y sigue el rumbo de tu vida". Y yo salí como un loco para lograr alcanzarlos al lugar donde habíamos quedado. Pero ya era demasiado tarde.

—Sí, salimos quince minutos más tarde, no podíamos esperar más por ti.

—Intenté encontrar un medio de transporte para lograr alcanzarlos, pero nada, a esa hora no había nada más en que moverse. No me quedó más remedio que quedarme y rehacer mi vida de cierto modo.

—Aún no te perdono del todo. Pero al menos ya sé el motivo por el cual no te apareciste y pensándolo bien, yo hubiese hecho lo mismo. Pero ya no quiero seguir hablando de ese momento tan doloroso de mi vida.

—Ahora soy yo el que quiere saber cómo la pasaron —le digo—, pues según he escuchado de otras personas esos viajes son muy peligrosos, tanto, que no son pocos los que pierden la vida en la travesía. Cuéntame, ¿cómo fue el viaje?

—Cuando llegamos a la costa estaba todo muy oscuro. Tuvimos que esperar como una hora más de lo acordado por el lanchero. Las plagas de mosquitos y jejenes más el nerviosismo no eran fáciles de aguantar. Yo sabía que no venías con nosotros, pero aun así miraba como para encontrarte entre la oscuridad.

Yo me quedo en silencio, pero siempre atento, no me quería perder ni un detalle de la historia por la que yo también hubiese pasado.

—Al llegar la lancha nos pusimos nuestros chalecos salvavidas y empezamos a tomar todas las medidas de seguridad. Para mí, dejar mi patria, mi país, lo que me quedaba de familia aquí y dejarte a ti, no fue nada fácil. Me fui llorando todo el viaje y el pecho me dolía por la tristeza tan grande, al abandonar tantas cosas importantes para mí. En alta mar las cosas empezaron a complicarse pues una fuerte tormenta nos alcanzó. Olas de hasta cinco metros de alto amenazaban con virar la embarcación. Pensé que no llegaríamos para hacer el cuento, pues en varias ocasiones sentí como que el barco se hundía. Fueron momentos muy duros.

Ella sigue contando y de vez en cuando pasa su mano por los ojos para lograr detener lágrimas de remembranzas. Me contó que rescataron de una embarcación pequeña, al punto de zozobrar, a un adulto, Alejandro. En esta embarcación venían seis adultos y dos menores de edad provenientes de Jobabo, de las Tunas. No puede aguantar las lágrimas al escuchar que los dos menores no lograron sobrevivir. Es muy triste la historia que cuenta y me entristece saber que esto pasa, y quién sabe con qué frecuencia. No puedo evitar pensar en Albertico y en María Caridad, que aunque no se irán por esta vía, sí se marchaban para un lugar lejos, nuevo y desconocido para ellos.

Taimí prosigue:

—Esas travesías por mar son un calvario, si yo hubiese sabido que iba a ser así, te juro que no me hubiera ido. Aquel día Alejandro perdió en el mar a su esposa, hermanos con sus esposas y dos sobrinitos pequeños, y el destino desde ese momento nos fue uniendo poco a poco de una forma muy especial.

—¿Son pareja ustedes?

—¡Más que eso! Alejandro…

Ella se queda en silencio por unos segundos para luego continuar. En su rostro se ve con facilidad que Alejandro es importantísimo para ella.

—Alejandro supo cuidar de mí y nuestra hija, pues ya estaba embarazada de ti cuando me fui esa noche. Alejandro supo desde ese momento ocupar tu lugar como pareja y sobre todo como padre.

—Las cosas no son así, tú sabes… —intervine.

Taimí ya no contuvo el llanto y con lágrimas en los ojos, me hace señas de que no continúe, que me calme. Yo, por miedo a que no me cuente el resto de la historia, decido callarme y dejar que se desahogue para que luego prosiga.

—Alejandro fue esa persona que estuvo a mi lado cuando di a luz a mi bebé. Fue quien estuvo a mi lado cuando mi niña dijo su primera palabra "papá". Fue quien estuvo a mi lado cuando cumplió su primer añito y cuando dio sus primeros pasos. Fue quien la acompañó a la escuela desde su primer día de clases. El que la ayudó a realizar los quehaceres del colegio, eso y mucho más. Desgraciadamente no pudimos tener hijos.

—¿Por qué?

—Él padecía de una enfermedad en los testículos, varicocele testicular. Era un caso grave, que le impidió tener hijos.

El corazón aceleró su ritmo, que ya era rápido por todo lo que me había contado hasta el momento de su historia, al escuchar "él padecía". De inmediato me doy cuenta que algo había pasado con este hombre que supo cuidar y darle el amor de padre a mi hija.

—¿Te puedo hacer una pregunta? —le digo.

—Dime, estamos aquí para aclararlo todo.

—Yo estoy ahora mismo frente a las fotografías de las dos niñas, veo que una es morenita y la otra es medio blanquita; pero las dos se parecen mucho. Una ya sé que es mi hija. ¿Y la otra niña? Pues me acabas de decir que no pudiste tener hijos con Alejandro, y también me dijiste que habías dado a luz una niña.

—Las niñas se llaman María José y María Paula, por ese respectivo orden. Cuando María José era muy pequeña, siempre lloraba cuando la alejábamos de los niños y niñas. Ella deseaba tener una hermanita o hermanito, por lo que Alejandro y yo fuimos a varias consultas médicas para lograr tener hijos y de esta forma María José estaría siempre acompañada. Pero todo fue en vano, como te dije anteriormente, y por esta razón Alejandro y yo tuvimos una etapa de frustración y casi de separación.

Desde muy dentro del alma de Taimí brota un suspiro muy fuerte, lleno de tristeza y dolor. Yo quedo desconcertado por ese suspiro, pues demuestra que algo había ocurrido.

—¿Él se enamoró de otra mujer? —pregunto.

—No, no, nada de eso. Él me amaba mucho.

—Entonces ¿qué fue lo que pasó?

Ella continúa contando pero hace silencio de vez en cuando, por lo doloroso que le es ese recuerdo.

—Pues, que él quería a toda costa que la niña tuviera un hermano o hermana. Recuerda que había perdido a toda su familia y no quería que ella quedara sola cuando por ley de la vida, nosotros nos marcháramos de este mundo. Entonces decidimos usar otros métodos alternativos para que quedara embarazada. Visitamos varías clínicas de infertilidad. Nos hicimos los exámenes preliminares en cada una de ellas, esperanzados de que alguna nos diera solución; pero en todas, uno de los exámenes dio que Alejandro ya no podría tener hijos de ninguna forma; sus espermatozoides morían precozmente por lo que no se lograría hacer una inseminación. Entonces nos dieron la opción de un banco de espermatozoides.

—¿Y qué pasó entonces?

—Él cayó en una depresión profunda, hasta que un día me dijo que había tomado una decisión; que debía quedar embarazada del padre de la niña.

—¿De mí? —dije asombrado—pero, pero…

—Yo no estuve de acuerdo al inicio, pero él me convenció que de esta forma, algún día ellas podrían conocer a su padre, y que además yo te conocía bien.

—¡Pero si yo no soy donante de esperma!

Lo que acaba de contarme me deja muy sorprendido... ¡Estoy tan confundido! Que yo me acuerde, no doné nada de nada.

—¡Pues lo fuiste! —me dice—. Sé que no te acuerdas de nada. Y bien que puedes ser donante pues el esperma tuyo es de alta calidad. ¡De una sola vez quedé embarazada!

—Acaba de contar. ¿Cómo es posible que quedaras embarazada de mí? ¡Si yo no estuve contigo nunca más después de tu partida para los Estados Unidos!

—Espera, por favor. ¿Recuerdas por casualidad, la fiesta a la que mi prima Suleidys te invitó?

—Sí, pero, ¿qué tiene que ver esa fiesta con lo que estamos hablando?

Sigo más que sorprendido. Me quedo sin palabras, no podía pronunciar palabra alguna. Ella continúa contando sin más preámbulo.

—Tú fuiste solo, lo cual nos facilitó mucho las cosas para engañarte, pues teníamos un plan elaborado.

—¡Pero si tú no estabas en esa fiesta!

—Sí estaba. Estaba esperando escondida y teníamos una aliada en la fiesta, le habíamos dicho que queríamos jugarte una maldad. ¿Recuerdas la muchacha que se acercó a ti, invitándote a bailar? ¿Recuerdas que se parecía mucho a mí?

—Sí, eso me llamó mucho la atención en ella, pues aún no te había olvidado. Aún no tenía a quien darle mi amor.

—Y luego fuiste con ella al cuarto de renta, el que está en el patio de la casa...

—¡Cómo no hacerlo si era muy bonita y provocativa! Tomamos unos tragos y bueno, ya sabes… fuimos para el cuarto. ¿Sabes? En aquella ocasión, sentí ese mismo aroma que traes, aún lo recuerdo...

—La muchacha lo tenía puesto, para que no te dieras cuenta del cambio. Entonces cuando ella te pidió que buscaras algo para beber, ahí yo entré y ella salió. Apagué las luces y sucedió lo que ya había planificado.

—Sí, hicimos el amor. Realmente sentí algo extraño, la sentí algo distante de lo que sucedía. Ahora entiendo el por qué.

—No, no hicimos el amor. Tuvimos sexo, que no es lo mismo. Hacer el amor es la entrega con alma y corazón de dos personas que se aman. Es sacrificio por sobre todas las cosas, para estar con quien se ama. No sé cómo acepté tener otra hija contigo, pues cada vez que me acuerdo de todas las cosas que soñábamos tener... ¿Recuerdas?, soñábamos con una casita en el campo, con muchas plantas y animales, cerca de la ciudad de Bayamo.

—Sí, recuerdo aquellas ideas que teníamos.

—Yo deseaba una parejita de niños y tú deseabas tener más. ¿Recuerdas los nombres que teníamos?

—Sí —lo recordaba—. Si era varón, sería Tomás como mi papá, para decirle Tomasito, y si era una hembrita pues María José querías tú que fuera, mientras yo quería que fuera María Paula.

—Al final quedamos que la primera hembrita sería María José y si llegaba otra, pues María Paula. ¡Teníamos tantos sueños, y todo se resumía en formar una familia bella! Ver nuestros hijos crecer y amarnos por toda la vida. ¡Y saber que todo se derrumbó cuando no llegaste aquella noche!

Ella no quería seguir recordando todo aquello, por lo que de repente, se pone de pie y sin más preámbulo me dice:

—Bueno, esa es la historia de nuestras hijas. Yo no tengo más tiempo para dedicarte.

—Espera, yo tengo que saber qué es de ese hombre, que cuidó tan bien de ti y de nuestras hijas.

Su rostro se ensombrece y me responde con gran tristeza.

—Falleció hace algunos años, de cáncer.

—Cuánto lo siento. Eso quiere decir que estás libre. Si quieres podemos tener el varoncito.

Sí, lo sé, me porté como un maldito cabrón al proponer algo así, pero yo estaba herido ya que María Caridad se marchaba con su ex esposo. Quería saber si existía alguna posibilidad con el amor de mi juventud.

—¡Ni lo sueñes! —exclamó—. Yo nunca más me acuesto contigo.

—Nunca digas, nunca más, pues uno no sabe las vueltas que da el destino.

—Yo no sé las vueltas que da el destino, pero sí sé que contigo no tengo más sexo. Además, yo estoy ligada, por lo que no quedo embarazada de nadie más. Y ya está bueno de conversar, ya está todo aclarado, por lo que ya hemos terminado.

—Aún queda pendiente algo: ¿Cómo puedo comunicarme con mis niñas? ¿Las puedo llamar o escribir? ¿Cuándo las puedo conocer y abrazar?

—Pues, tú sabes dónde están. No pensarías que todo sería fácil, ¿verdad? No te recomiendo que tomes la ruta del mar. Además, no quiero que sea esa la vía, piensa en ti y sobre todo en las niñas.

—¿Pero qué estás hablando? —le digo, desconcertado—. ¿Qué es lo que me está pidiendo? ¿Por qué me pides que me marche de este, mi país? ¿Quién te dijo que yo quiero irme? ¡Y menos ilegal!

—Yo te recomiendo que tomes la ruta de Ecuador o Panamá hasta la frontera con México, y luego cruzas la frontera. Entonces podrás ver a tus hijas.

—¡Pero eso no es justo!

—¿Quién te dijo que la vida es justa?

Ella me habla con tono irónico. Quiere retarme, y lograr que haga lo que tenga que hacer para estar con mis niñas.

—Y apúrate, para que estés en las 15 primaveras de María José.

—¿Por qué me haces esto? Sabes que no reúno las condiciones para ese viaje.

Taimí da unos pasos con rumbo a la mesita donde está el teléfono, allí hay un sobre que me entrega.

—Toma estas fotos para ti y tu familia, son recientes. Ya las tenía separadas, porque sabía que tarde o temprano vendrías. Si puedes, ven dentro de tres días para buscar entre mis cosas, y darte unas fotos de cuando eran pequeñitas las niñas. Ah, se me olvidaba, si puedes ven a eso de las cuatro o las cinco de la tarde. Antes de esa hora no estaré disponible para ti.

No me conformo con lo que está haciendo conmigo y le reclamo.

—¡Eso es una injusticia lo que estás haciendo conmigo!

—Mira, coge las fotos y vete para tu casa. Disfruta de ellas con tu familia y convéncelos de que entre todos, creen las condiciones para que puedas dar ese viaje.

—Jamás pensé que fueras así conmigo.

—Alégrate de esta oportunidad que te estoy brindando. Y por favor, que tengo que salir.

Ella hace un ademán con sus manos, indicándome que salga por la puerta del frente. Yo doy las gracias pero muy apesadumbrado por la actitud de Taimí, pues ella bien que podría traer a las niñas para que las conozca. Pero doy gracias a Dios por darme dos niñas preciosas.

—Gracias Taimí, en tres días estaré aquí.

—Bien, chao y ¡muchas felicidades, papá!

—De nada.

En mi ser reinaban dos sentimientos encontrados, la felicidad y la tristeza. Estaba muy, pero muy feliz de ser padre; y a la vez, triste e impotente por no poder besar y abrazar a mis niñas. Y más con las condiciones que Taimí me imponía de ir hasta donde ellas, cuando bien, bien, ella podía facilitar nuestro encuentro.

Salí a la calle como si llevara un tesoro entre mis manos. Decido llegar primero a la casa de María Caridad, que está más cerca que la de mis padres. A pesar de los problemas entre nosotros, gracias a ella supe que era papá.

María Caridad estaba demacrada, en su rostro se notaba la tristeza que estaba sintiendo. Al verme sus ojos brillaron y trató de acomodar su ropa. Me invitó a pasar, oferta que rechacé. Estaba allí solo porque, al fin y al cabo se merecía compartir la felicidad que estaba sintiendo.

—Pasa mi amor, esta es tu casa —me dijo.

—No, gracias. Solo vine a mostrarte estas fotos que me acaba de dar Taimí y darte las gracias, porque si no me comentas de la posibilidad de que fuera el padre de esas niñas, nunca me hubiese enterado.

—Qué bueno, mi amor, pero esto lo tenemos que celebrar con un brindis.

—De eso nada. Usted y yo no tenemos que brindar por nada, aún tengo presente la decisión que tomaste. Deje ese brindis para usted, y en otra ocasión que no será conmigo.

De inmediato su rostro se transformó. Sus lindos ojos negros se opacaron por la niebla del llanto. Una leve sonrisa que había en sus labios se convirtió en una mueca. Nerviosa se pasó la mano por las cejas y ojos.

—Solo estoy aquí compartiendo mi alegría, porque reconozco que eres partícipe de todo esto, y por respeto a lo que una vez tuvimos, no más. Así que le pido se comporte de acuerdo a la situación.

María Caridad dio un suspiro profundo y rescata la sonrisa en sus labios. Está tan feliz de ser la primera con la que comparto la noticia, pues sabe que, a pesar de todo lo sucedido, la amo. Alimenta su corazonada de que necesito tiempo estando solo, lograr ver y abrazar a mis hijas; para luego volver a su lado y ser completamente felices.

—Está bien mi amor, yo te entiendo. Sé que necesitas tiempo a solas para analizar la situación y tomar decisiones para el futuro.

—Sí, es lo mejor para los dos.

—¿En qué quedaron Taimí y tú con respecto a las niñas? ¿Ella las traerá para que se conozcan y las puedas reconocer ante la ley como su padre?

Saco a flote la molestia con Taimí por ese tema, me doy vuelta, doy unos pasos para detenerme y mirar al cielo, que como mi mente, esta nublado con nubarrones oscuros. Luego de unos instantes en silencio, le respondo:

—Ese es el gran dilema del momento.

María Caridad comprende al instante que hay problemas, y que anímicamente estoy muy mal. Me conoce muy bien y sabe que me gusta resolver todo rápidamente; y si no hay otra solución, uso la fuerza. Es como un mal que distingue a los hombres. María Caridad trata de que llegue a una solución viable, sin que me desespere.

—¿Qué pasó? A ver, cuéntame sin desesperarte. Para todo en esta vida existe una solución, solo hay que pensar bien antes de actuar. Sabes que puedes contar conmigo hasta la muerte, así que vamos, cuéntame.

Esas palabras de María Caridad me reconfortan el alma, trayéndome paz nuevamente. Porque a pesar de todo, sé realmente que puedo contar con ella.

—Imagínate cómo puedo estar. Taimí no traerá a las niñas para que las conozca y esté con ellas un tiempo tan siquiera.

—¿Pero te las negó? ¿Cómo quedaron? Explícate mejor.

—Bueno, me las negó verlas y no me las negó.

—No te entiendo, explícate, que ya me estás poniendo nerviosa.

—Nada —aclaré—. Ella confirmó que las dos niñas son hijas mías. Incluso, que puedo estar al lado de ellas, y que la mayor pronto cumplirá los 15. Pero que para eso tengo que ir allá, a los Estados Unidos.

—Pero eso ya yo lo sabía. Por eso es que debes quedarte con esta casa y con todo, para venderla y poder ir donde están tus niñas. Yo estoy segura que pronto aparece comprador por un buen precio. Aunque la casa es chiquita, es muy confortable y está en una buena posición.

—Sí, todo eso puede ser. Pero ella no tenía que actuar así conmigo. Es como si quisiera vengarse de mí por algo, o quiere que le demuestre de lo que soy capaz por mis hijas.

Estoy muy preocupado pues lo que me está pidiendo Taimí requiere de mucho dinero, que no tengo; ni vendiendo la casa de María Caridad alcanzaría para todo.

—Es que lo que me pide Taimí no es como ir de Oriente a la Habana, se necesita pasaporte, visa y pasaje. Todo eso lleva tiempo y dinero. Creo que por eso Taimí me pide que no me vaya por el mar, ilegal.

—¡Ni loca te dejo yo hacer eso! Esa vía es muy peligrosa, y aunque todas esas vías lo son, esa es la peor. Además, no creo que sea para ponértela más difícil; creo que en el fondo Taimí te sigue queriendo y no te quiere arriesgar tanto.

Yo la trato de tranquilizar, pues se ha puesto muy nerviosa al pensar que estoy considerando esa vía de irme para estar con las niñas.

—No te pongas así, que yo tampoco quiero irme por mar, como lo hizo ella, ni por ninguna vía ilegal, que son tan riesgosas. Yo quiero salir de mi país por vías legales, por el aeropuerto. Nada de esas travesías de películas, donde cualquiera puede perder la vida.

—Ah, mi amor, si todo fuera fácil. Recuerda que Alberto llevaba unos cuantos años tramitando visa para los Estados Unidos. Realmente, Taimí está siendo muy dura contigo, pues ella podría facilitarte mucho el viaje.

—Tienes razón, pero no quiere. Taimí me habló de una vía, que es riesgosa pero menos que por mar.

—¿Cuál sería esa vía?

—Según ella, viajar a Ecuador, Panamá hasta llegar a México, para tratar de pasar la frontera. Es la única posibilidad que tengo.

—Todas las vías alternativas son peligrosas y sí, sí parecen de película pero es la vida real. Tienes que estar preparado para lo inesperado, debes estar dispuesto a grandes sacrificios. Piénsalo bien, lo que decidas yo te respaldo en todo lo que pueda.

Me quedo unos minutos en silencio, camino de un lado para otro, tratando con cada paso de analizar la situación. Por la vía legal me tomaría mucho tiempo y dinero, y no tengo de ninguno de los dos. Por la vía alternativa, es más peligroso pero al parecer mucho más rápida, y yo muero de ganas de ver, abrazar y besar a mis hermosas hijas.

—Bien, lo haré. Me voy por la vía alternativa.

—Entonces venderé esta casa con todo, para que utilices el dinero íntegro en ese viaje.

—Gracias, pero toma parte del dinero, tú también lo puedes necesitar.

—No, es íntegro para ti. Yo no voy a necesitar nada de ese dinero. Dios permita y pueda ayudarte en algo más.

Ella se acerca a mí, toma mi mano y me mira fijamente a los ojos. La observo bien, mirándole también esos ojos que me gustan tanto, negros como una noche sin estrellas ni luna, pero con un brillo misterioso donde puedo ver su ternura y su amor por mí.

—Desde hoy pongo el cartel en el frente de: "se vende la casa". Tú no estás solo, mi amor, yo siempre estaré contigo. Ya verás que todo saldrá bien, mejor de lo que puedes pensar. Pronto estarás con tus hijas.

Yo aún sigo enfadado con ella. Me suelto de su mano y me separo unos centímetros, como para no dejarme convencer con su ternura.

—Pero yo no quiero tu ayuda.

—Pero, ¿por qué?

—No quiero que mezcles la ayuda que me quieres dar, prestar, no sé cómo llamarlo, con lo que ha ocurrido últimamente entre nosotros.

—No te preocupes, sé cómo eres y sé también que terminaremos juntos. Por ahora concéntrate en tu objetivo, que es viajar y reunirte con las niñas. Yo esperaré poco o mucho, no importa el tiempo que sea, pues ese día llegará, sin duda.

—Está bien, acepto la ayuda. Muchas gracias, de todo corazón. Ahora, si me permites, quiero ir a contarle a mis padres y al resto de la familia mi felicidad. Además, mostrarle las fotos para que las conozcan aunque sea de esta forma.

—Sí, claro. Ellos se pondrán muy felices por ti. Ve y cuídate, recuerda no estarte mojando con la lluvia.

—Está bien. Gracias.

Cada vez que estoy cerca de María Caridad siento tanta paz en mi alma, en mi corazón. Su amor por mí me hace mucho bien, que no sé qué será de mí lejos de ella, pues aún la amo, pero no puedo permitir que este sentimiento pase por alto lo ocurrido, esa decisión suya que cambió nuestra vida.

Al llegar donde mis padres, les cuento todas las novedades y les enseño las fotos de las niñas. Ellos, como era de esperar, se alegran mucho de la existencia de esas nietas tan bellas, algo que nunca se imaginaron. Como es lógico, pensaron que Taimí las traería a Cuba para conocerlas y darles el amor que se merecen. Les cuento todo con lujo de detalle, es como una película llena de enredos, odios y rencores. Ellos por su parte me bridaron todo su apoyo, incluso dispuestos a quitarse comodidades para lograr reunir el dinero que necesito.

Mi madre me pidió que la acompañara a ver al resto de la familia para compartir la alegría, y de paso ver si me podían ayudar económicamente para lograr el dinero suficiente para el viaje. Porque aunque María Caridad vendiera a muy buen precio la casa con todo, es muy poco dinero para el objetivo que persigo.

He pasado los días corriendo de una casa a otra, reuniendo poco a poco lo que la familia ha podido dar. Han pasado tres días desde que hablé con Taimí. Ya es de tarde y como casi todos los días está amenazando con llover, pero no puedo faltar al encuentro con Taimí, aun cuando llueva a cántaros.

Salgo para ir a su casa, y llegando a la mía una fina llovizna comienza a caer. Me resguardo en un portal, pero se me hace tarde. Tengo miedo que Taimí no me quiera recibir si no llego a la hora que me dijo, por lo que salgo corriendo bajo la llovizna.

Al llegar a su casa toco el timbre de la puerta trasera varias veces, hasta que al fin la empleada me abre.

—Hola, buenas tardes —le digo.

—Buenas tardes, señor.

—Vine otra vez porque Taimí me dijo que viniera.

—Sí señor, pase, la señorita Taimí ya lo está esperando.

Me conduce a la sala, entrando por la cocina. Es la segunda vez que entro a esta casa tan grande, y en esta ocasión observo todo a mi paso. La cocina hace gala del nivel de vida de esta gente, pues es muy cómoda, con todo lo que debe llevar una cocina de verdad. No pude evitar pensar "¡quien viera a mi madre y a María Caridad haciendo la cena de fin de año en esta cocina!". Al pasar por el comedor mi vista fue directo a una gran mesa familiar que destaca, y cuento rápidamente las capacidades. Me imagino por un momento a toda mi familia almorzando todos juntos en una misma mesa ¡Qué comodidad!

Al llegar a la sala me invita a sentarme en unos suaves y mullidos muebles. El nivel de lujo en el que viven es tanto que me parece estar en otro lugar.

La empleada se percata que estoy mojado y he estornudado dos o tres veces en el recorrido desde la puerta de la calle hasta sala.

—¿Desea que le traiga un té caliente?

—Sí, por favor, me vendría muy bien —digo, afirmando también con la cabeza.

—Le gustará uno de eucalipto y jengibre. Es muy bueno para descongestionar las vías respiratorias.

—¡Qué bien!, es que esta alergia que padezco no es fácil. Debe ser muy bueno si usted me lo recomienda.

—Enseguida se lo traigo.

Mientras la empleada prepara el té y llega Taimí, me pongo a mirar las fotos de las niñas. En mi mente doy gracias a Dios, no me canso de dar gracias a nuestro Señor. ¡Soy papá!

Mi felicidad es tanta, que siento mi pecho en llamas. Con Albertico me sentía feliz, pero no de esta forma. La vida me dio la oportunidad de experimentar este sentimiento en todo su esplendor, al tener hijos propios. Estoy tan absorto en mis sentimientos que no escucho llegar a la trabajadora, que ya regresa con una bandeja haciendo el servicio del té. Se da cuenta que estoy ensimismado con las fotos y me dice:

—Muy bellas las niñas, ¿verdad?

—Sí, hermosas.

—Aquí tiene señor, su té, le traje limón picado y miel para que lo prepare con ellos al gusto.

—Ah, qué bien, muchas gracias. Voy a tener que aceptar todas las invitaciones de Taimí, pues no en todos los lugares lo atienden tan bien.

La trabajadora me mira y se sonríe. Yo también sonrío. En ese momento entra Taimí, confundida por la risa entre la empleada y yo. Está radiante, sencilla, pero bella como siempre. Pregunta rápidamente sobre nuestra risa.

—¿Se puede saber de qué tanto se ríen ustedes dos?

La trabajadora se pone seria rápidamente, viendo que no le gustó mucho la risa a Taimí. Yo también paro un momento de reír, pero miro nuevamente a la trabajadora y me echo a reír a carcajadas. La trabajadora también ríe nuevamente, incluso Taimí se contagia y hecha a reír por unos segundos. La risa dura hasta que la empleada pide permiso para irse.

—Con su permiso, me retiro a mis quehaceres. ¿Desea algo de tomar usted, señorita?

—No, señora Soledad, muchas gracias por todo.

—De nada, estoy para servirla.

En ese momento, cuando la empleada se retira, se me vira la taza del té, derramándose este encima de la camisa. Taimí corre a socorrerme pues el té aún está caliente.

—Te ha caído casi todo el té encima y está caliente. ¿Te quemaste? —pregunta asustada.

—No, ¡gracias a Dios! Pero estoy todo mojado. Quisiera ir a casa para cambiarme, pero está un poco lejos.

—A mí me quedan algunos pulóveres de los que traigo para regalar a la familia y amigos. Quizás alguno te puede servir. Espera un momento, voy a buscarlos al cuarto para que escojas uno.

—Espera, voy contigo —digo, levantándome rápidamente.

—No gracias, yo sé ir sola, me sé muy bien el camino.

—¿Pero esa ironía a qué se debe?

—A nada, solo quiero que sepas que las cosas deben quedar bien claras.

—Para mí las cosas siempre han estado más que aclaradas.

—Mucho mejor. Si es así no hay problemas.

—Solo quiero pasar al cuarto para cambiarme sin tanta exhibición pública.

Taimí me mira un poco recogida y seria. Asiente con la cabeza, me hace un ademán para que la siga y se dirige al cuarto. Yo la sigo rápidamente. Va hacia un gran armario, abre una de sus puertas y saca de él un pulóver negro; me lo alcanza y me dice:

—Este pulóver te debe quedar bien.

Yo lo miro no muy contento, como enojado, y me demoro en tomar el pulóver que ella me quiere dar. Taimí me mira confundida por mi actitud y baja un poco la guardia. Me conoce muy bien, y sabe que me molesto con facilidad, se me va cerrando la mente y el entendimiento.

—Anda chico, pruébate el pulóver, es nuevo, tu verás que te queda bien y te sentirás mejor que con esa camisa mojada.

La miro y siento cómo baja poco a poco la guardia. Se sienta en uno de los laterales de la cama mientras yo estoy parado en la parte de atrás de la misma. Estiro el brazo para tomar el pulóver. Comienzo a quitarme la camisa lentamente, mirando cómo saco uno a uno los botones. De reojo veo cómo observa, por lo que discretamente me giro quedando de espaldas; así le confirmo que yo no estoy interesado en tener ningún tipo de relación con ella. Ya con la camisa quitada y disponiéndome a ponerme el pulóver, Taimí se percata que la camiseta también está mojada y rápidamente dice:

—Espera un momento, no puedes ponerte el pulóver con esa camiseta mojada. Déjame buscar una seca, de las que me quedan hay de tu talla.

—No, no te molestes. No es necesario.

—Sí es necesario, no vas a estar con un pulóver seco y la camiseta mojada. De esa forma no has hecho nada, pues continúas mojado. Y como está el tiempo, lo único que conseguirás es un resfriado.

—Es que no quiero molestar demasiado.

—Vamos, que nos conocemos. Te haces la víctima para ver qué entierro te hacen.

—Tú no pierdes la oportunidad de decirme cosas, de ofenderme y molestarme.

—Tú no te molestas en verdad, te comportas así pero al final sabes que te conozco muy bien.

—¡Ñoooo! Quien te oye hablando así, sabrá Dios lo que pensará de mí.

—Que eres más rollo que película.

—Ya, ya, ya, está bien, dame esa camiseta y deja de hablar así de mí.

Ella se levanta de la cama para sacar del armario una bolsa plástica con camisetas de diferentes tallas. Saca una y acercándose a mí, dice:

—Toma esta, sé que te quedará bien.

Tomo la camiseta con algo de desgano. Le agradezco. Antes de quitarme la camiseta mojada miro fijamente a Taimí y ella mantiene esa mirada. Veo cómo sus mejillas cambian de color, de un blanco a un ligero rojo. Aparta por unos instantes su mirada, para luego regresarla a mí. Ya estoy terminando de ponerme la camiseta limpia y me acerco a ella, que enseguida me aclara:

—No te equivoques conmigo, yo no quiero nada contigo.

Se dirige hacia la salida del cuarto y pasa frente a mí, aparentemente calmada. Yo voy observando cómo se acerca a la puerta. Se detiene y gira lentamente para decirme:

—Cuando termines, te estaré esperando en la sala. Yo la miro fijamente, y veo reflejado en su cara el deseo de tener algo más conmigo, algo más de lo que hasta el momento ha pasado. Yo, como hombre al fin también quiero, pues ya no tengo pareja desde que María Caridad decidió por otra vida. Decido intentarlo con Taimí, camino hasta ella y sin separar mi vista de sus ojos le digo:

—Espera un momento.

Ella, presintiendo mis intenciones, me dice.

—Respétame, si intentas hacerme algo te abofeteo.

Me acerco tanto que no puede escapar, pues está aconchada entre mi cuerpo y la pared. Con mi mano izquierda cierro la puerta. Me acerco aún más y trato de besarla, ella como era de esperar se reúsa y evade mi beso, moviendo la cabeza a los lados y por último mirando hacia abajo. Sigo intentando besarla, sin lograr resultado alguno. La tomo por la barbilla con una mano y con la otra por la cintura. Logro besarla a la fuerza, sintiendo un corrientazo de energía que llega hasta mi miembro viril; es la razón por la cual aparece un gran bulto por debajo del pantalón. Ella me da unos cuantos puñetazos, en señal de desaprobación de lo que he hecho, y por dicha razón desisto por un momento de tomarla y hacerle el amor. Me separo unos centímetros y nos miramos fijamente, veo en sus ojos una chispa de deseo, pero algo más fuerte la detiene.

Suspiro profundamente pues realmente tengo ganas de estar con ella. Decido no insistir más y tragarme el deseo, que devora mi cuerpo y mente. Estoy al punto

Yoenis López Blanco

de voltearme a coger el pulóver que está sobre la cama, cuando escucho un intenso suspiro salir de ella. Un fuerte jalón en mi brazo me une nuevamente, solo que esta vez es ella quien me abraza y me besa con intensidad. No deja de repetir "no puedo, no puedo", pero no para y su excitación es evidente. Continua exclamando "no, no" y trata de irse por lo que intenta abrir la puerta. Yo no puedo dejarla hacer eso y la jalo por el pelo, sujetando nuevamente su barbilla para besarla a la fuerza con mayor intensidad que antes.

Taimí responde a mis besos, siento su lengua dentro de mi boca y sus dientes se clavan suavemente en mis labios. Sus manos presurosas no esperan más y quitan con frenesí la camiseta, las mías también quitan su blusa y ajustador; mi vista se desplaza de su boca y cuello para terminar en sus pechos que tentadores han quedado al descubierto. Mis manos acarician sus pezones para dar paso a mi boca, que succiona y saborea con la lengua.

Es tal el placer proporcionado, que pasa a quitar mis pantalones, acaricia y muerde con suavidad el miembro. Me está volviendo loco y comienzo a quitar su short; ella me detiene para continuar bajándolo muy lentamente. Se detiene y lo sube para darse vuelta y quedar de espaldas; nuevamente baja suavemente el short, esta vez contoneándose de un lado a otro.

Mi excitación es tal que la viro bruscamente para quedar frente a frente. Beso y acaricio todo su cuerpo hasta llegar a la poca ropa interior que le queda, y trato de quitarla con mi boca. La arrojo a la cama uniéndonos carnalmente, me separo unos instantes para girarla y que quede de espaldas. Continuo acariciándola bruscamente, le doy una nalgada y muerdo sus glúteos, espalda, cuello y la penetro con intensidad. Su cintura se mueve a un ritmo cadencioso para pasar a uno frenético, y de su boca se escuchan sonidos de placer y éxtasis. Mi cuerpo explota, saciado de placer, dando paso a mis fluidos corporales. Nuestros cuerpos quedan exhaustos, tirados en la cama uno al lado del otro, estoy extasiado de placer pero lleno de arrepentimiento. Siento que he traicionado a María Caridad y no pronuncio palabra alguna; ella habla casi susurrando.

—Sabes, el destino en ocasiones nos pone a prueba.

—Esa frase no me gusta para nada.

Esa frase me recuerda aún más a María Caridad, pues en los últimos días la ha repetido varias veces.

—No te preocupes, todo ira mejor de ahora en adelante.

—¿Por qué dices eso?

—Por nada. Y bien, ¿qué decidiste?

—Daré el viaje, gracias a mi familia y sobre todo a María Caridad.

—Qué bien, me alegro por las niñas.

—Y cuándo esté allí, ¿cómo las localizo?

—Fácil, te daré mi número telefónico y te iré a buscar. Luego puedo hacerme cargo de ti hasta que te encamines, así las niñas tendrán más tiempo con su padre.

—Pero, ¿por qué haces que me vaya así, de esta manera?

—Es la única manera que tengo para poder perdonarte, que sientas en carne propia algo de lo que pasé y tú no estabas para protegerme con mi bebé en el vientre.

—¡Pero ya te expliqué lo que sucedió! No fue culpa mía.

—No importa. Dime, ¿qué dijeron tus padres?

—Mis padres están contentos hasta más no poder, aunque inconformes porque no quieres traerlas para que toda la familia las conozcan, incluyéndome, sin necesidad de irme.

—Ah, sí claro, facilitar las cosas. Qué bueno, pero no, no será así.

—Está bien, ya estoy decidido a irme por ellas.

Ella se levanta de la cama y se cubre con una bata. Busca una mochila y echa varias cosas dentro para entregármela.

—En esta mochila puse las fotos de las que te hablé, de cuando eran pequeñitas las niñas. Además hay ropas interiores y medicamentos para tus padres. Tómala y no vengas más por esta casa. Estaré esperándote en los Estados Unidos. Recuerda no demorar, pues los quince de la niña están cerca.

Me levanto y visto en silencio, analizando todo lo sucedido. Estoy extasiado de placer, pero no sin arrepentimiento. Recogí la mochila con las cosas que me dio, le doy las gracias y salgo rápidamente como alma que persigue el diablo. Regresé a la casa de mis padres por otra ruta que, aunque más larga, no pasaba por frente a la casa de María Caridad.

Ya en casa, sintiéndome mal por lo que había hecho y por la gripe que estaba empezando a invadir mi cuerpo, le doy las fotos a mis padres y entro a bañarme rápidamente. Durante la cena y después de tomar algún medicamento para la fiebre, mis padres comentan de las fotos; que están preciosas, que se parecen mucho a nuestra familia.

María Caridad se aparece de repente en la puerta de la casa, y al verla siento un frío en el estómago. Mis padres saben de la situación en la que estoy metido. Saben que yo amo a María Caridad pero apoyan mis decisiones, y conocen que ella se marcha con su ex marido por el niño.

Ella saluda y pasa haciendo caso a la invitación hecha rápidamente por mi mamá. Yo me levanto de la mesa y me acerco a ella, le hago un ademán para que entre al cuarto. Una vez dentro le enseño las fotos de las niñas, y me dice que ya vendió la casa.

—Muy bonitas las niñas en esas fotos; pero vine a decirte que estoy en casa de mis padres, ya vendí la casa en un buen precio.

—Qué bien, has sido muy rápida. ¿Cómo lo lograste en tan poco tiempo?

—Pues conozco unas personas que se dedican a ser corredores de compra y venta de viviendas. Ellos buscaban una casa con las características de la nuestra y nada, ya está vendida.

—Discúlpame, no puedo aceptar el dinero.

—Pero, ¿por qué? ¡Si ya lo habíamos hablado!

—Me hace mucha falta, pero no lo puedo aceptar. Es que hoy fui a ver a Taimí, traje las fotos que te enseñé...

Tuve que callar por unos instantes. No sabía cómo continuar contando sin lastimarla. ¡No quiero lastimarla! Ella, desconcertada por lo que le estoy diciendo, me mira fijamente a los ojos. Como una adivina con su bola de cristal se da cuenta de todo. Una lágrima rueda por su mejilla y dice:

—Conque es eso, te acostaste con ella. ¡No lo puedo creer! ¿Tuviste sexo o hiciste el amor?

—Discúlpame, solo fue sexo.

—No esperaba eso, pero el hecho es que nada cambiará lo que sentimos tú y yo, el uno del otro. ¿Qué es lo que Taimí se trae entre manos?

—¿Por qué lo dices?

—Hay cosas que tú no sabes aún, que en su momento las sabrás —dice, avivando mi curiosidad—. Ya te dije que el destino nos pone a prueba. Pero como lo nuestro es amor verdadero, y aunque me duela, me haré la idea que no sé nada de lo que me acabas de decir.

Ella se seca las lágrimas sin lograr su objetivo, pues siguen saliendo. Yo no puedo mirarla a los ojos, siento dolor de ver que está sufriendo por mi culpa. Aun así continúa hablando.

—Porque, no sé; creo que es lo correcto. Te haré una sola pregunta. ¿Tienes deseos y quieres volver con ella?

—Ya no es lo mismo entre ella y yo.

Yo no quiero que siga sufriendo y trato de explicarle que solo fue el impulso del deseo sexual.

—Desde que te conocí, estoy marcado contigo, me hiciste amar en la expresión más amplia de la palabra. Pero la verdad es, que en estos momentos no quiero nada, ni con ella, ni contigo. Solo quiero concentrarme en mis hijas, en poder verlas y que sepan quién es su padre. En establecer una relación como tal, como padre e hijas.

—No estoy de acuerdo con lo que has hecho. Todo esto debe ser una prueba, tiene que serlo. Estoy un poco mejor, porque aunque dices que no quieres nada conmigo; sé que lo nuestro es amor verdadero —dice muy convencida—. Así que mañana pasa por la casa de mis padres, para que recojas el dinero. De esta forma podrás iniciar los trámites de sacar pasaporte, visa y comprar el pasaje con tiempo.

Cada vez me asombro más de la reacción de María Caridad. Me convenzo de que esta mujer siente mucho amor por mí.

—¿Y aun así tú me vas a ayudar?

—Sí, ¿cómo no podría ayudar al amor de mi vida? Tú eres mi hombre y ellas, mis hijas también. Y te repito, en su momento sabrás todo lo que tengas que saber.

—¿De qué tú hablas? Cada vez que me hablas así, no sé, se me erizan hasta los dedos de los pies.

—Por el momento no hay nada que contar, así que me voy. Despídeme de tus padres y recuerda ir mañana a buscar el dinero.

—Está bien, lo haré y muchas gracias, de verdad. Eres un ángel disfrazado.

Yoenis López Blanco

Ella se sonroja y sonríe tímidamente. No deja de asombrarme esta mujer, mi amor, el sol de mis días por tanto tiempo. Pero no puedo aflojar, estoy muy herido por su decisión, aun cuando siento deseos de abrazarla fuertemente y no separarme de ella nunca. Me despido antes que no aguante los deseos de besarla en sus labios tentadores.

—Chao, cuídate.

—Chao, tú también, cuídate mucho.

María Caridad sale del cuarto y se marcha rápida y sutilmente, sin hacer ruido alguno. Mis padres, que están en la cocina, no se percatan de su partida. Hacia allí me dirijo, para tomar un vaso de agua bien fría y ellos, al verme en la cocina solo, callado y acalorado, me preguntan por María Caridad. Les respondo que se ha marchado y que está viviendo en casa de sus padres, adonde tengo que ir a buscar el dinero de la venta de la casa. Ellos, como siempre, respetan nuestras decisiones.

A la mañana siguiente, en cuanto desperté y me alisté, salí presuroso hacia la casa de los padres de María Caridad. Al llegar, me detuve en la puerta y saludé a sus padres, Florencio y Reyna, que se encontraban en la sala.

—Buenos días.

Los padres de María Caridad responden al unísono.

—Buenos días, hijo.

—Pero pasa y siéntate, no te quedes ahí parado —prosigue Florencio—. ¿Desde cuándo en esta casa hay que estarte mandándote a pasar?

—Muchas gracias.

Yo paso y me siento, existe un alto grado de familiaridad y cariño entre nosotros. Sé que ellos no deben haber influido en la decisión de María Caridad. Alberto no visitaba esta casa y a mí siempre me han querido como un hijo. Yo también los quiero mucho y los considero como unos padres, por como se han portado conmigo. Mi forma de tratarlos no puede cambiar por causa de María Caridad. Y ellos me tratan como siempre, con su gentileza.

—¿Desayunaste? —pregunta Reyna amablemente.

—Sí, madre, ya desayuné.

—Prepárale un desayuno —dice Florencio—. ¿Desde cuándo este glotón se llena?

Sonrío ante la broma.

—No le digas esas cosas, Florencio —interviene Reyna—, sabes que no me gustan.

—¡Pero si este nunca se llena con nada!

Tanto Reyna como yo nos volvemos a reír.

Los padres de María Caridad siempre me hacen sentir con sus cosas, tanto buenas como malas, que estoy entre familia.

—Enseguida te preparo el desayuno.

—María nos contó de tus hijas —dice Florencio con alegría—. Quiero que sepas que estamos muy contentos y que esas niñas, junto con Albertico serán nuestros nietos.

—Muchas gracias, de todo corazón.

—Ven hijo, a la mesa, y toma asiento para que desayunes.

—Gracias, Reyna.

Me dirijo al comedor para disfrutar del desayuno preparado por esta señora, que siempre ha sido una delicia. Me extraña no haber sentido a Albertico y a María Caridad, por lo que pregunto por ellos.

—Desde que estoy aquí no he sentido a Albertico ni a María Caridad. ¿Están durmiendo todavía?

—¡No, qué va! Si ellos se levantaron tempranito, desayunaron y salieron.

—¿Y demoran mucho?

—Eso no lo sabemos, hijo, pero yo pienso que no demore tanto.

—De todos modos ella nos tiene al tanto de la situación —explicó Florencio—, y nos pidió que si tú venías y ella no había vuelto aún, te entregáramos el dinero de la venta de la casa.

—Mire señor Florencio y señora Reyna, a mí realmente me da mucha pena todo esto. Además, no quisiera tener que coger ese dinero y mucho menos todo, como ella me dijo. Pienso que es algo injusto sabiendo que ella va a viajar también.

—Mire hijo —fue Florencio quien habló—. En primer lugar le voy a pedir que no nos trate con tanta formalidad, que usted nunca ha sido así con nosotros. Compartimos con agrado la idea de nuestra hija de darte todo el dinero, pues en este momento es quien más lo necesita.

La señora Reyna también me hace saber su aprobación con lo decidido por María Caridad.

—Sí mi'jo, sí. Florencio tiene toda la razón.

—Yo no sé si su hija le ha contado también lo de nuestra relación.

—Mire, yo le voy a hacer una pregunta, y quizás esa pregunta le ayude mucho a usted.

—Diga, señor Florencio.

—¿Usted ama a mi hija?

—A pesar de todo, la amo con todo mi corazón.

—Esa respuesta no es para mí. Porque yo sé que amas a mi hija, como ama un hombre a la mujer de sus sueños.

—Lo que pasa, señor Florencio es que…

El señor Florencio no me deja continuar.

—No, no, no hijo, no. A mí no tiene que explicarme nada. Sé cómo eres y sé también como es mi hija. Yo sé que los dos se aman, y la vida les ha puesto una prueba en sus vidas. Cuando el amor es verdadero uno debe confiar en él, pues ese nunca se equivoca.

—Muchas gracias por sus palabras.

—No hay de qué, hijo. Reyna y yo siempre estaremos acá, para cuando mi hija y usted nos necesiten.

—Muchas gracias, estoy muy agradecido de cómo han sido conmigo y lo siguen siendo.

—No, no me agradezcas más y acaba de desayunar.

Todos nos empezamos a reír de las palabras del señor Florencio, quien siempre ha sido muy ocurrente.

—Mire mi'jo, le voy a entregar el dinero. Con esto no quiero decir que se vaya de la casa. Es que posiblemente usted necesita de este dinero para ir adelantando algún trámite, pues el tiempo pasa rápido y es mejor ir adelantando que dejar todo para el final.

—Usted tiene toda la razón con eso del tiempo.

El señor Florencio busca un sobre, lo pone dentro de una mochila de Albertico y me lo entrega.

—Hijo, aquí está el dinero. Quisiéramos poder darle mucho más, para que cubriera todo el gasto de su viaje.

Yo tomo la mochila, le doy las gracias y le estrecho la mano; nos damos un fuerte abrazo que muestra el cariño que nos tenemos. También le doy un beso y abrazo a la señora Reyna.

—Muchas gracias por todo. No espero a que lleguen María Caridad y Albertico, porque le haré caso señor Florencio e iré adelantando algunos trámites. Hasta luego, tengan buen día.

—Igual para ti hijo, que tengas buen día —me desea Florencio—. Hasta luego.

—Hasta luego hijo mío.

Me voy contento para mi casa a dejar el dinero. Se lo entrego a mis padres en el cuarto para que me lo guarden, pero antes saco una parte para empezar los trámites del pasaporte y los antecedentes penales. Mientras saco y cuento el dinero, les cuento brevemente lo sucedido en la casa de María Caridad.

Salgo optimista de la casa, pues dicen que esos trámites que haré se están demorando hasta un mes o más. Decido ir primero a sacar el pasaporte, pues para los antecedentes penales hay que estar bien temprano en el lugar donde se tramitan. Esta documentación debe estar avalada por el Ministerio de Relaciones Exteriores en La Habana, y quizás ese sea el motivo de la demora en la entrega.

Allí, entre tanta gente que tiene el mismo objetivo, escucho historias de personas que salen para embarcarse en la travesía que pienso hacer. Son muchas y diversas las anécdotas, y también escucho cómo se debe actuar fuera de Cuba, ya que las personas, la idiosincrasia y los gobiernos no son iguales. Recopilo información de todos y también de amigos que me dicen algunas cosas que conocen.

Antes de regresar a la casa de mis padres, decido pasar por casa de María Caridad y decirle que ya inicié el trámite del pasaporte y que al día siguiente bien temprano iría a solicitar los antecedentes penales. Teniendo estos dos documentos en mis manos viajaría a La Habana a solicitar entrevista en la embajada de Ecuador para poder viajar a ese país.

Al llegar a la casa de María Caridad saludo a sus padres, que son los que están a la vista. Ellos responden cariñosamente y me invitan a pasar, a lo que respondo con prontitud.

—Muchas gracias, pero no puedo, ando algo apurado. ¿María Caridad está?

—Se fue unos días para Manzanillo, a visitar a su tía y primos.

Comprendí inmediatamente que María Caridad estaba enfadada conmigo por lo ocurrido con Taimí. La entiendo, eso estuvo pésimo de mi parte, pero me siento muy mal por su decisión de irse para los Estados Unidos con Alberto. En definitiva, como ella misma dice, ¡la vida le pone cada pruebas a uno! No me demoro más y me despido de sus padres para irme a mi casa, con los míos.

Algunos días después, María Caridad ya está de regreso de Manzanillo y me hace la visita. Al verla me sorprendo, pues pensé que demoraría más en buscarme por lo enfadada que imagino está.

—Dichoso los ojos que la pueden ver, señorita.

Ella sigue enfadada y lo demuestra en la forma que responde:

—Mejor no respondo lo que mereces que te responda.

—¡Ah, esas conmigo!

—Espera, no te vayas por ese camino, estoy aquí por lo de tu viaje, ya que lo que está en el medio de todo esto son nuestras hijas, pues como ya te había dicho, para mí son hijas mías también.

Al escuchar hablar a María Caridad así de mis niñas, me invadió un sentimiento de ternura, felicidad, cariño, y no sé qué más. No sé cómo explicarlo, solo sé que me conmovió de tal forma que no tengo palabras.

—Está bien, está bien. Yo solo quería ser un poco amable y cortés.

—Se le agradece todo eso, pero no estoy aquí para escuchar de sus agrados —y continuó—. Sabes que estaba de visita en Manzanillo en casa de mi tía y mis primos. Les pedí un dinerito y ellos me pudieron ayudar con algo más. De ese dinero te puedo dar la mitad, no es mucho, pero poco a poco llegas a la meta de lo que necesitas.

—Agradezco de corazón todo lo que estás haciendo por mí —le dije conmovido—. Pero creo que no puedo aceptar, tú tienes que viajar también, incluso con el niño. Además, según lo que me han informado, ustedes deben viajar a Guyana, pues ahí es donde están haciendo los trámites a los cubanos para la visa a Estados Unidos, en la embajada norteamericana. O sea, que es un gasto mucho más de lo normal.

—No te preocupes por esa parte, pues el dinero que se pidió a Taimí y a su familia cubre todos estos gastos.

—Con todo y eso, te hará falta.

—No, no me hará ninguna falta, Dios mediante. Alberto y su familia tienen todo calculado y tienen más que suficiente con el préstamo, eso ya estaba hablado hace mucho tiempo en su familia.

—Pero yo insisto en que lleves ese dinero, y más porque vas con Albertico. Nunca está de más tener una reserva para los imprevistos.

—Aun faltándote dinero para tu viaje y posteriormente para esa dura travesía cruzando fronteras, pasando por las selvas colombianas y panameñas, aun así, estás pensando en mí y mi hijo. Eso me gusta mucho de ti.

—Claro que tengo que pensar en ustedes, si Albertico es mi hijo también y tú…

—Yo qué, dime, dime.

—Tú sabes bien, pero mejor cambiamos de tema.

—Está bien. Escucha atentamente, este dinero yo lo traje para ti, y si tú dices que Albertico es tu hijo también y yo soy… etcétera, entonces no me hagas perder tiempo y acepta el dinero que te ofrezco. Sabes mejor que nadie cómo me pongo cuando me rechazan las cosas. No juegues más con mis sentimientos, por favor, toma el dinero.

Tomó mi mano y puso en ella una bolsita con el dinero. Yo no quería aceptarlo, pero sé cómo es ella y sé también que no pondría a pasar trabajo a su hijito. Entiendo que está tratando de equilibrar las cosas, para que todos logremos viajar con el menor contratiempo posible, sin tantos problemas, y decido aceptar nuevamente su ayuda.

—Está bien. Estoy más que agradecido y no voy a hablar más del tema, solo quiero que sepas que mis padres vendieron algunas cosas para ayudarme.

—Pero sabes realmente, si es que estás buscando información sobre el viaje, que se necesita mucho dinero para lograr ese objetivo.

—Bueno, como te decía, mis padres vendieron el refrigerador, la máquina de coser de mi mamá, donde ella se buscaba un dinerito para ayudar con los gastos de la casa.

—Me imagino a tus padres… ¡Y así tú no quieres aceptar mi ayuda! No me jodas, si vas a dar este paso es para salir, pero también es para llegar.

María Caridad acaba de hablarme en un tono muy fuerte para lograr convencerme; se le nota que algo le sucede, o quizás está más preocupada de lo normal. Yo quedo en silencio, me ha tomado por sorpresa, pues ella no es así normalmente. Me asalta de momento la preocupación de que no sepa muy bien cómo son las cosas. Por unos minutos quedamos en silencio, noto que se ha dado cuenta de que estoy asombrado por su forma y se siente apenada, pues se ruboriza y su vista va a parar al suelo. Yo decido romper el hielo del silencio, para que no se sienta peor de lo que ya está.

—Hablando de otro tema. ¿Cómo te fue con tu familia por allá por Manzanillo?

—Bien, dentro de lo que cabe. Todos te mandan felicitaciones por tus niñas y dicen que te cuides mucho.

—Si te comunicas nuevamente con ellos, por favor transmíteles mis agradecimientos por sus felicitaciones.

—Ya se las di en tu nombre.

—Ah, qué bien. Gracias.

—Sabes, mi primo tiene un amigo que hizo esa misma travesía que vas a hacer, y me contó que no es fácil, y menos para ti que eres asmático. Dice que en esos lugares llueve casi todo el tiempo, los caminos están llenos de lodo y hay muchas subidas difíciles. Todo eso es lo menos peligroso, pues pueden ser asaltados, violados, y hasta te pueden matar en tierra de nadie.

—No te preocupes, tendré mucho cuidado y más teniendo esa información.

—Pero eso no es todo, no te puedes llevar todo el dinero. Solo el necesario para el inicio.

—¿Y entonces cómo llego?

—Déjame explicarte: No sé si conoces a la señora Consuelo del Carmen, que vive en la casa que da el fondo con la parte de atrás de la casa de mis padres.

—Sí, sé de esa señora, es muy agradable y amable con todo el mundo.

—Sí, esa misma. Ella tiene unos nietos allá en Miami. Mis padres pueden hablar con ella y proponerle que se les da el dinero acá en Cuba y que ellos te hagan el favor de enviártelo según lo vayas necesitando, al lugar donde te encuentres. De esta forma solo traerías contigo lo necesario, no más.

—Esa idea está muy buena.

—Es que de esa forma lo hacen casi todos.

—¡En verdad! ¿Y qué cantidad debo llevar en un inicio?

—Eso lo veremos más adelante.

—Está bien. Ah, se me olvidaba decirte...

—¿Qué?

—Ya hice los trámites del pasaporte y de los antecedentes penales.

—Sí, ya lo sé, me lo dijo una amiga que está haciendo los mismos trámites, te vio y te reconoció.

—Y tú, ¿ya hiciste los tuyos?

—Sí, ya los hicimos. Y también Alberto sacó los pasajes para viajar a Guyana para la entrevista. Solo falta que nos entreguen los documentos y esperar la fecha del pasaje. Unos días después es la entrevista en la embajada.

—Qué bueno, todo saldrá bien. Ya verás.

—Sí, todo nos saldrá bien, incluyéndote a ti.

—Sí, por supuesto, seguro que sí, Dios mediante.

—Me gusta oírte decir Dios mediante.

—A mí también me gusta decirlo.

Ella se acerca a mí y me toma de la barbilla para que no aparte la vista de sus ojos. Siento tanta ternura en el roce de sus manos, que por nada del mundo haría yo eso.

—Te voy a pedir en estos momentos que nunca pierdas la fe en Dios. Las cosas inexplicables que ocurren, no debemos cuestionarlas. Solo debemos aceptarlas, por muy difíciles que sean para nosotros.

—Pienso lo mismo, es como dices, hay que mantener la fe en Dios.

Veo en sus ojos la alegría de saber que pienso como ella; me mira con una ternura tal que siento por unos instantes unos enormes deseos de abrazarla. Pero ella no se da cuenta de mis intenciones y continúa como si nada, por lo que me suelta y se separa de mí.

—Ya te expliqué cómo hacer las cosas del viaje, por lo que me regreso a mi casa, mi madre está cuidando a Albertico y quiero estar el mayor tiempo posible con mis padres.

—¿Te puedo hacer una pregunta? —le dije.

—Dime.

—Me enteré que fuiste a la casa de la abuela de Taimí.

—Sí, fui. Hablamos Taimí y yo. Pero, por favor, no me preguntes de qué hablamos, eso es una conversación entre mujeres.

—Está bien, no me meteré en cosas de mujeres.

—Mejor, y para tu conocimiento, Taimí ya se fue para los Estados Unidos.

Aun así, siento que María Caridad sigue muy molesta y no quisiera que las cosas terminaran de esta forma. Creo que es mejor estar distanciado de ella hasta que las aguas tomen su nivel. Se marcha con su paso cadencioso y yo… me quedo mirando cómo se marcha.

───────────

Han pasado varios días ya de aquel encuentro con María Caridad, y no he sabido más de ella. Creo que por el momento es mejor seguir así, distanciados. Y como ya hace varios días que empecé los trámites, decido ir para ver si ya están listos mis documentos.

Al llegar a la oficina de inmigración recibo la noticia que ya ha llegado mi pasaporte. Uff, ¡qué alegría me ha dado! Nunca pensé que tener un documento me daría tanto placer. Pero la alegría no es completa, pues aún me faltan los antecedentes penales, y me dicen que es posible que estén la próxima semana. Aun así estoy muy contento.

En el camino de regreso a casa me encuentro con la señora Reyna, la mamá de María Caridad, que de inmediato se da cuenta de mi alegría. Al preguntar, le enseño el pasaporte y ella me felicita por el avance de los trámites. También me cuenta que María Caridad ya tiene todos sus documentos; que al día siguiente viajará para La Habana y luego marchará a Guyana para la entrevista de la visa.

Me dio un sentimiento como agridulce, me alegré mucho que ya tuviera sus papeles pero a la vez triste por su partida; siento que quedaré como desamparado. Aun así le hago saber a la señora Reyna que me alegro del avance en los trámites de María Caridad. Me despido y continúo para la casa y darles la nueva noticia a mis padres, que como era de esperar, se pusieron muy felices.

Ya es de tarde y el sol se pone por el horizonte cuando veo acercarse la silueta de María Caridad. Mi corazón se descontrola, pero rápido le pongo freno a mis sentimientos y no le demuestro nada. Tuvimos una pequeña conversación, donde me dice lo que ya su mamá me había dicho; sale al día siguiente a las 8 de la noche para la Habana y al día siguiente para Guyana. No le puedo demostrar que estoy triste por su partida, le deseo mucha suerte y ella se acerca y me da un beso en la mejilla para irse rápidamente.

A la semana me entero por unos amigos que María Caridad estaba de regreso de Guyana y que a todos les habían otorgado la visa. Me alegro mucho por esa buena noticia, pues ella merece que sus deseos se logren. Ahora solo me queda esperar, para ver si puedo verla antes de que se marche para los Estados Unidos.

No tengo que esperar mucho, pues al anochecer de ese día ella se aparece en la casa de mis padres. Nos cuenta cómo fue el viaje y la entrevista, además nos dice que Alberto está sacando los pasajes para salir en unos días por Holguín hasta Estados Unidos pues existe esa posibilidad, que es más fácil.

Como era de esperar, se preocupa por mis documentos.

—¿Cómo están tus trámites? ¿Ya te llegaron todos los documentos?

—Hace algunos días recogí el último, y el jueves de la próxima semana tengo la entrevista para la visa.

Pasamos un rato muy agradable, conversamos como en los viejos tiempos, en familia, de varios temas, hicimos chistes y nos reímos de lo lindo. Estuvimos felices, compartiendo el momento hasta que se despidió y se marchó para su casa. Al día siguiente regresó con Albertico para que se despidiera de nosotros, y nos dio la noticia que Alberto había podido comprar los tres pasajes para el día siguiente, por Holguín. Con esa noticia tan importante para ella, sentí romperse mi corazón. Aguanté como todo un hombre, y no le di a demostrar cómo me estaba sintiendo. Por el contrario, le manifesté lo contento que estaba ya que las posibilidades de mejoría económica eran indiscutibles. Al marcharse me da un beso en la mejilla y me dice bajito: "más tarde regreso".

Efectivamente, más tarde regresó. Estábamos cenando mis padres y yo, por lo que fue invitada a sentarse a la mesa. Ella titubeó, pero al final aceptó con la condición de que le sirviéramos poco. Mientras cenamos, nuestros ojos se encontraron varias veces, disimuladamente. Era evidente para mí, que esas miradas significaban algo más que simples miradas, había deseo en ellas y nuestros cuerpos se estaban atrayendo por una fuerza mística. Quizás el saber que al día siguiente nos separaríamos, nos hizo desearnos mutuamente. Por mucho que disimulamos durante toda la cena y algún tiempo después, mis padres se dieron cuenta de lo que sucedía, por lo que mi madre se disculpó con María Caridad y le dijo "los mayores nos retiramos a dormir, la edad no perdona. Jajaja."

Nos quedamos solos y estuvimos en silencio por algunos minutos. No dejábamos de mirarnos, y de sus ojos veía brotar el fuego del deseo. Yo realmente, también sentía deseos de tenerla una vez más, pues el futuro era incierto. Ella rompió la inercia y tomó una de mis manos, para luego ponerse de pie y dar unos pasos hacia el cuarto, hacia donde yo la seguí como si estuviéramos atados por una cuerda. María Caridad se volteó inesperadamente y me abrazó fuertemente, sus labios quedaron muy cerca del oído, para luego deslizarse suavemente sobre la mejilla hasta llegar a mis labios, que no pudieron resistir. Nos unimos en un largo beso, mientras nuestros cuerpos se desplazaban al interior del cuarto. Por un momento quise resistirme, pero mi cuerpo ya no obedecía a mi mente. ¿Cómo resistirse a sus inquietas manos acariciantes, como lluvia de primavera? ¿Cómo no seguir sus pasos con la mirada, mientras se desnuda poco a poco y muy despacio? Camina por la habitación provocativamente y se acerca para seguir besando mis labios. Sus manos no dan tregua y acaricia todo mi cuerpo, deteniéndose en el cierre de mi pantalón, y dejando al descubierto mi miembro viril, ya excitado. Su boca continúa besando y sigue senderos excitantes. Su lengua hace surcos sobre mi piel, para quedar justo al medio de mi cuerpo. Succiona una y otra vez, a la vez que acaricia suavemente. Mis suspiros y gemidos de placer no demoran en aparecer. Es tanto el goce que no puedo pensar en nada más, mi cuerpo funciona de forma automática. Mis manos acarician su pelo, su cara y de vez en cuando establezco el ritmo de succión.

Al cabo de un rato de placentera actividad, ella se levanta lentamente y me acaricia por doquier con sus manos, lengua y sus pezones rozan mi piel. Al estar ya incorporada y nuestras caras frente a frente, veo sus ojos cerrados y su boca entreabierta de forma provocativa. Mis labios se unen a los de ella en un beso intenso, mientras mis manos acarician sus hermosos pechos, con sus pezones endurecidos por la excitación. Beso su cuello y sus hombros para parar succionando esos pezones, mientras una de mis manos va a tocar la rosa celosamente guardada por sus blancos muslos. Ah, ¡qué placer al tocar su rosa húmeda como flor bañada por el rocío de la mañana!

No me detengo y sigo saboreando su piel centímetro a centímetro, beso su vientre con su ombligo perfecto. Mi lengua penetra al interior del ombligo, para luego buscar con premura los pétalos de su rosa. Mi lengua acaricia el interior de sus pétalos, llegando al mismo centro. Qué lengua más intranquila, roza una y otra vez la protuberancia existente allí y aleatoriamente penetra a sus profundidades. Proporciono tanto placer, que sujeta mi cabeza como para evitar que se aleje de ese lugar lujurioso.

Se escuchan sonidos de placer y de repente exclama "¡¡¡qué rico!!!, ¡¡¡no pares, por favor amor!!!". Luego de unos segundos es tanta la excitación que dice desesperada "¡¡¡no aguanto más, tómame toda!!!". Me arrastra a la cama donde se acuesta bocabajo, con el torso con unos grados de elevación. Está posición me resulta atractiva, posibilita el acceso a sus lugares más íntimos; por lo que comienzo a besarlos con intensidad. Muerdo cariñosamente sus glúteos que me gustan mucho, y sabiendo lo mucho que la complace mi lengua, vuelve a invadir su rosa privada, que está mojada como manantial de placer. Sus gritos no dejan de salir y se escucha decir "¡¡¡mi amor, me gusta mucho, sigue, sigue!!!". Yo no aguanto más mis deseos y comienzo a penetrarla con intensidad, una y otra vez con mi miembro duro como raíl de acero. Su lugar más íntimo es tan cálido que como imán me atrae y la penetro hasta el fondo. Exclama varias veces, "¡¡¡ay mi amor, ay amor, ay, ay!!!". Su piel se eriza y me demuestra que está al punto del clímax, y yo aumento el ritmo de penetración. Llegamos al punto más alto de placer, como en una carrera, en iguales tiempos.

Por unos minutos quedo sobre ella, besando su espalda y cuello. Luego nos separamos por un instante, pues al quedar mirando al techo, María Caridad no da chance y se sube a mí. Me acaricia con ternura y me besa varias veces, siento su respiración cerca de mi oído y me erizo de la cabeza a los pies, seguido de un estremecimiento. Comprendo que no he ahogado sus deseos y yo, con tanto tiempo deseándola, también tengo más deseos de seguir. Los efectos de sus caricias no se hacen esperar y nuevamente estoy listo para penetrarla. Ella toma mi miembro con ternura, lo coloca a la entrada de su vagina, para luego bajar vigorosamente. Yo acaricio sus glúteos y senos, al tiempo que se mueve rítmicamente, en ocasiones lento, otras rápidas y otras desenfrenadas. Observo su cara como cambia con el grado de placer, y su cuerpo se contorsiona hacia atrás mientras tomo sus pechos y contorsionándome hacia arriba los beso, muerdo y succiono.

Me levanto con fuerza para quedar sentado y estar más cerca de su cuerpo. Ella rodea mi cintura con sus piernas, pero no deja de moverse placenteramente, mientras nos besamos intensamente. La levanto y la siento sobre la cómoda del cuarto, donde la penetro con frenesí hasta lograr que tenga varios orgasmos. Veo transformar su cara cada vez que llega al éxtasis, proporcionándome al mismo tiempo gran satisfacción.

Así pasamos casi toda la noche, haciendo el amor en cada lugar del cuarto que nos proporcionara una nueva y excitante posición. Por último lo hicimos en el baño, bajo la ducha. Fue excitante ver el agua correr por su piel, tocar sus pechos húmedos y fríos por el agua; penetrarla de frente y de espalda mientras sujetaba sus brazos en alto contra la pared. ¡Qué locura!

Nos estábamos quedando dormidos uno encima de otro, cuando sonó la alarma de su teléfono.

—¿Es la hora de irte?

—Sí

—Cuídate mucho.

—Tú también.

—Creo que no es necesario despedirnos en otro lugar.

—Pienso lo mismo.

Nos miramos fijamente por unos instantes, y de repente nos fundimos en un intenso beso. Aún estamos dándonos besos uno encima de otro. Nuestras lenguas se encuentran entre sí, queriendo hacer un nudo para no separarse nunca. Nos calentamos mucho en solo unos instantes, que no resistimos y ella terminó introduciendo poco a poco, lentamente mi miembro dentro de ella. Me miraba fijamente, mientras me enroscaba con sus movimientos mi equipo. Así estuvimos por un rato hasta que ya no pudo más de placer, debilitando mi órgano sexual.

Nos dimos un fuerte abrazo, acompañado con un beso y mordidas de los labios que ella me dio. Luego se levanta de la cama y se vistió, pues su tiempo ya era limitado.

Sale del cuarto buscando la salida de la casa, y cuando llega a la puerta regresa al cuarto y me da otro beso y un apretón de manos. Ambos nos miramos fijamente a los ojos sin decirnos ni una sola palabra, pues las miradas hablaban por sí solas. Luego salió rumbo a su casa donde la esperaban sus padres y Albertico.

Ya estando en su casa, se prepara para marcharse con Alberto y el niño para el aeropuerto. Sus padres y los de Alberto también van hasta el aeropuerto de Holguín a despedirlos para la partida a los Estados Unidos.

Ya han pasado varios días desde que se fueron María Caridad y el niño. Gracias a Dios que están todos ellos muy bien, lo supe por sus padres. A pesar de que no quiero que ella se comunique conmigo, me preocupo por saber de ellos.

Al fin logré ir al consulado de Ecuador en La Habana, donde gracias a Dios me otorgaron la visa. Mañana en la mañana viajaré, Dios mediante. Así que aprovecharé el tiempo que me queda en Cuba y visitaré a mi familia y amistades.

El día ha llegado, ya está amaneciendo. Mis padres terminan de acomodarse para acompañarme al aeropuerto donde tomaré el avión con destino a Ecuador. Nosotros no tenemos la posibilidad de alquilar un taxi, aunque sea un "almendrón" que son los más baratos por ser viejos. Por eso tenemos que irnos en el transporte público.

En el aeropuerto, y mientras se hace el chequeo de rutina, estoy con mis padres conversando de todo un poco. Aunque ya hubiésemos hablado lo fundamental, siempre se queda algo por contar. Pero, entre la gran alegría y emoción de encontrarme con mis hijas, también está la tristeza de dejar a mis padres. No estarán solos, pero sí sin sus pertenencias necesarias, pues vendieron todo para poder reunir el dinero necesario para este viaje. Vendieron la televisión, el refrigerador, la bicicleta y la máquina de coser de mi mamá, donde ella hacía trabajitos para la calle y de esta forma ganarse la vida, como se dice a lo cubano. A última hora mis padres decidieron vender también el juego de muebles y de comedor de ellos, para acabar de completar el dinero para dicha travesía en la que me estaba embarcando y lograr el objetivo final, llegar a los Estados Unidos donde se encuentran mis hijas.

Ya anuncian por el audio la salida de mi vuelo. Comienzo a despedirme de mis padres con una que otra lágrima en los rostros de los tres:

—Demás está decir cuánto los amo —les digo—. Estoy muy orgulloso de ustedes y agradecido, ni hablar. Espero que pronto podamos estar todos juntos, con salud. Ya verán que mis hijas podrán disfrutar del amor de ustedes. Cuídense mucho y esperen por nosotros, que Dios mediante regresaremos.

—¡Hijo mío! —dice mi madre—. Solo te pido que nunca dudes ni un solo instante del amor y poder de Dios. ¡Ten fe! ¡Ten fe! Recuerda esto siempre: "las murallas de Jericó no detuvieron a Josué, y la muerte no detuvo a Cristo Jesús". Nadie podrá detener el propósito de Dios en tu vida. Que tus días sean radiantes, llenos de luz y esperanza. Ve con Dios y trae contigo a esas niñas mías, tan preciosas.

Mi mamá me da unos cuantos besos y un fuerte abrazo.

—Hijo mío —esta vez fue mi padre quien habló—. Te has convertido en todo un gran hombre, lleno de respeto y sobre todo de mucho valor humano. Y no hablaré tanto porque ya es hora de irte. Solo te diré que recuerdes las palabras de tu mamá. ¡Ten fe! ¡Ten fe en nuestro Señor! Recuerda que con la fe los milagros suceden, las batallas se ganan y los sueños se hacen realidad. Ve con Dios, hijo mío.

—Muchas gracias por sus enseñanzas y su amor infinito —les digo, emocionado.

Mi padre me da un beso y un fuerte abrazo, luego se acerca mi madre y nos abrazamos los tres muy fuerte. Sentí una sensación de paz inmensa. ¡Es verdad que el amor de los padres es incomparable! El abrazo duró un tiempo y luego nos separamos. Tomé la mochila y fui rumbo al pasillo por donde debía salir. Miré varias veces hacia atrás mientras caminaba. Mis padres me dicen adiós con la mano; mi padre medio contento pues se le nota algo de tristeza y mi mamá muy sonriente estaba. Pero yo sé que esa sonrisa es fingida, ella lo hace para que no note su preocupación.

Luego entré por el pasillo y comenzaron los trámites de migración y aduanales. Mientras iba caminando entre la instalación del aeropuerto y la pista para subir las escaleras de mi avión, observo a unos pocos metros otro avión. También está cargando pasajeros y siento nostalgia, pues era un avión con la bandera norteamericana, iba para los Estados Unidos. Solo pienso en mis hijas, en la añoranza de abrazarlas y besarlas, pero también en Albertico y María Caridad. Muchas cosas vinieron a mi mente en ese momento, mientras subía las escaleras del avión.

No puedo negar que mientras iba en el vuelo estaba algo nervioso, pues era la primera vez que viajaba en avión, y tan lejos.

Al llegar a Ecuador me esperaban algunos contactos de los amigos de los primos de María Caridad. Me fui con ellos hasta un hostal donde me hospedé. Ese mismo día llamé a mis padres al teléfono fijo de la casa, en Cuba. Les comenté que gracias a Dios todo había salido bien, como esperaba, y que a partir de ahora trataría de ver algunos cubanos que estuvieran preparando viaje para el norte, para unirme a ellos, ya que hacer la travesía con pocas personas es un gran peligro. Mientras los días pasan esperando que más personas se nos unan al grupo, muchos cuentan las historias de la travesía de familiares y amistades. Travesías llenas de trabajo y sacrificio, del riesgo que deberíamos correr para lograr nuestros objetivos.

En la espera nos manteníamos informados del acontecer actual, por lo que escuchamos en las noticias sobre los primeros casos reportados con Coronavirus en Ecuador. Muchos de nuestros compañeros nos expresaban sus ideas y deseos de salir rápidamente de Ecuador. Querían salir antes de que cerraran las fronteras o pusieran restricciones para poder salir de donde estábamos hospedados. Otros, en cambio, no estaban de acuerdo, pues expresaban que era mejor esperar algún tiempo pues la OMS ya había declarado el virus como una pandemia. O sea que ya el virus estaba en varios países de los diferentes continentes, y posiblemente en todo el mundo.

Por la gravedad de la situación y la incertidumbre de lo que pasaría, algunos decidimos alquilar una casa entre todos, aprovisionarnos para estar todos los del grupo juntos, y esperar a tener la certeza de cuáles eran los medios para poder frenar al virus. Así, de forma más segura, continuar nuestro viaje tomando todas las precauciones. Entre el grupo se encontraban niños, personas mayores de edad, una chica embarazada y algunas personas con diversas enfermedades donde sus defensas estaban comprometidas, por lo que quizás sus organismos no serían capaces de responder si se infectaban. A mí me vino como anillo al dedo esa idea, pues al ser asmático estaba en desventaja frente al virus, ya que afecta las vías respiratorias.

Del grupo que ya se había hecho, la mayoría optó por la idea de la casa. Despedimos a los que se fueron, deseándoles lo mejor del mundo, oramos por ellos; pidiéndole a Dios que los cuide, los proteja y los bendiga por siempre.

Entre el grupo de cubanos que nos quedamos por el momento en Ecuador, estaban dos mujeres ecuatorianas, casadas con cubanos. Una de ellas ya tenía niños con su esposo cubano. Ellas no quisieron regresar con sus familias ecuatorianas, ya que vivían algo lejos de donde estábamos y les sería muy difícil volver a tomar la decisión de irse para los Estados Unidos atravesando la selva con los niños. Por respeto a su marido y por el futuro de los niños, ella apoyó la decisión de su esposo de quedarse con nosotros. Las ecuatorianas ayudaron con el alquiler de la casa para todos.

Estando ya en la casa alquilada, nos ubicamos en dependencia de las necesidades de las personas. Se priorizó primeramente a la embarazada, aunque ella tenía muy poco tiempo de embarazo, luego a las personas con hijos, a continuación a las personas mayores, a las parejas y por último a los que estábamos solos. A mí me tocó un sofá para dormir. Siendo así, se puede decir que la repartición de los lugares donde convivir dentro de la casa fue justa, y todos quedamos satisfechos. Se recolectó dinero por persona a partes iguales, menos los niños como es lógico, para hacer las compras de los víveres.

Entre todos, decidimos la opción de hacer una comida fuerte al día y en la tarde algo más ligero. De esta forma ahorrábamos dinero y no pasábamos tanta necesidad. En realidad no teníamos ni la más mínima idea de cuándo se podría controlar la pandemia. Según las últimas noticias del coronavirus, se iba haciendo más impactante y desastrosa la situación en Ecuador. Fue algo nunca visto por ninguna generación de estos tiempos. Realmente ningún país en el mundo estaba preparado para este tipo de epidemia. Solo nos quedaba seguir orando y esperar que los países más desarrollados en la salud y en la biotecnología, lograran desarrollar una vacuna para nuestra salvación.

Estaba varado en Ecuador por razones ajenas a mis deseos. ¡Menos mal que existen las redes sociales para comunicarse con el exterior! En ellas, Taimí me solicita amistad y María Caridad también lo hizo, a las dos las acepto. Conversábamos constantemente, aunque a

María Caridad le daba a entender que a pesar de lo que había sucedido la última noche que estuvo en Cuba, entre nosotros ya no existía nada. Aquella despedida había sido muy intensa y bonita. Pero tenía que saber que fue solo eso, una despedida, pues yo no la había perdonado.

En cambio, con mis padres no pude comunicarme con tanta frecuencia, pues ellos solo cuentan con un teléfono fijo en la casa. Por esa razón, Taimí les consigue un celular mediante su familia en Cuba, no era nuevo, pero estaba en buenas condiciones. Ellos súper contentos, pues ahora tenían como comunicarse conmigo, podían hasta verme por video llamadas en medio de esta situación epidemiológica. La situación que había provocado esta pandemia no solo en Ecuador, sino a nivel mundial, era dolorosa. Pero no hablaré más de este desastre mundial, solo quedaba la posibilidad de seguir orando, pidiéndole a Dios por su misericordia, por su amor y que le diera fuerzas, y mucha, para aquellas personas que habían perdido algún familiar.

Taimí, en sus conversaciones, me dejó bien claro que ella siempre les había comentado a las niñas de mi existencia y que esperaba que pueda estar para las 15 primaveras de María José. De no ser así, entonces ese día o quizás un día antes de que cumpliera años María Paula, nuestra hija menor; me las presentaría por vez primera en una video llamada. Bueno, a pesar de todo Taimí tenía razón, si no podía estar en los cumpleaños, por lo menos poder verlas y felicitarlas en su día más especial.

Han pasado algunos meses y gracias a Dios, nosotros nos encontramos bien de salud, seguimos en el mismo lugar, viviendo todos como una gran familia.

Hoy es 28 de junio, ya es cerca de las 10:30 de la noche, a pocas horas del cumpleaños de mi hija menor y de los 15 años de la mayor, cuando escucho el tono del celular. Como pensé, era Taimí para decirme que al día siguiente vería en horas de la tarde a mis dos niñas por video llamada. A pesar de saber de antemano esa noticia, al escuchar que a pocas horas iba a poder hablar con mis hijas, mi alegría creció tanto, que sentí que no cabía en mi pecho. No pude dormir en toda la noche, pues me sentía emocionado como un niño y escribía las posibles cosas a decir o preguntar, sabiendo que en realidad no sería así, ya que las conversaciones fluyen en dos sentidos. Yo estaba nervioso y esperaba no estarlo al momento de la video llamada. Solo pensaba que si María Caridad estuviera aquí conmigo me ayudaría en esta situación, difícil para mí.

Por fin ha llegado el día, estoy muy ansioso porque llegue el momento de hablar con las niñas. Mientras tanto, trato de dormir un rato. Estoy medio dormido y despierto, con un sueñito rico debido a que no pude dormir casi nada en la noche. Me asusto al escuchar sonar el teléfono y al confirmar que es Taimí me pongo nervioso, las manos me tiemblan y sudan de la emoción. Hasta que por fin le pido a Dios que me ayude y rápidamente acepto la video llamada.

—¡Hola!

—¡Hola! ¿Estás listo para hablar con tus lindas hijas?

—Sí, lo estoy.

—Pues míralas aquí.

—¡Hola! —dice María José.

—¡Hola papi! —expresa María Paula.

Yo tenía los ojos llenos de lágrimas de tanta emoción y realmente no sabía qué decir, y más cuando escuché decir a la más pequeña "¡Hola papi!". Eso me llegó muy fuerte al centro del corazón. Rápidamente les contesté lo que pude, pues sentía un nudo en la garganta.

—Hola hijas mías, muchas felicidades a las dos.

—Muchas gracias —dice María Paula.

—Yo no, es solo a ella —dice María José—. Yo cumplo mañana.

—¿Y tú cuándo vienes? —es María Paula.

—¡Pronto!

—¿Te falta mucho? — pregunta María José

—Bueno, eso realmente no lo sé, espero que no. Dios mediante.

A partir de ahí comienzan a preguntar a la vez:

—¿Cómo estás, cómo te sientes ahí donde estás?

—¿Es verdad lo que dice mi mamá? ¿Qué harás una travesía difícil por nosotras dos? ¿Para estar con nosotras?

—¿Y no te da miedo?

—Oigan niñas —interviene Taimí—. Sé que tienen muchas preguntas que hacerle a su padre. Pero háganlas una a una, despacito, para que a él le dé tiempo responder.

—Bueno, me siento acá muy bien gracias a Dios, dentro de lo posible —traté de explicarles—, pues con esta situación en la que el mundo entero está viviendo, qué más se puede decir. En este lugar donde estoy viviendo por el momento, ya todos somos como una gran familia. El destino nos ha unido, Dios vive entre nosotros, es por eso que tomamos la vida con mucha paz y amor dentro de nuestros corazones. La travesía es difícil, difícil de verdad, según lo que cuentan los que la han logrado hacer con la voluntad de Dios. Cuando escuchas todas esas historias, que son reales y parecen hechas como una película de terror, sí, da miedo, pero el miedo es natural. El miedo en ocasiones es bueno, por él, nuestro organismo está en alerta y entonces aparece el valor que hay dentro de todos nosotros. Además, Cristo vive dentro de nuestros corazones, nos alimentamos de su fuerza y espíritu para seguir adelante. Él nos guía y nos lleva de la mano. Cruzar esa selva no es nada comparado con lo que es capaz de hacer un padre por sus hijas.

Cuando empecé a hablar, las niñas se quedaron muy pendientes a mis palabras. Gracias a Dios que liberó el nudo de mi garganta y pude hablar bastante, como siempre he hecho. Y proseguí:

—Pero princesas, cuéntenme de ustedes. ¿Cómo estás pasando el cumpleaños? Y tú María José, ¿cómo te sientes para mañana?

María José se ve que es la que quiere hablar siempre de primera. María Paula tiene que apurarse si no la hermana hace todas las preguntas y respuestas por ella.

—A pesar de la situación que se está viviendo con la COVID, mi mamá, mis abuelos y otras personas que tú ya conoces... —comenzó María José, pero su madre intervino:

—No empieces María José, por favor, concéntrate en tus cosas y deja tranquilas las cosas de los mayores.

—Ay papi, ya empezaron de nuevo —esta vez fue María Paula—. Últimamente viven así ellas dos.

—Bueno, está bien —dijo María José—. Nada, que ellos me harán algo para mis quince, para que no pase ese día por alto. Estaremos en familia y espero que mañana me puedas llamar. Eso es todo, ¡chao! Besitos, te dejo, ¡hasta mañana!

—Hasta mañana mis amores —les digo.

María José se despidió de mí con los ojos llorosos. Me quedé perplejo por esta situación. Taimí entonces empieza a hablar conmigo.

—Yo luego hablo contigo más tarde. ¿Puede ser?

—Está bien.

—Ahora te dejo para que hables un poquito más con María Paula. Y para que le hables de tus padres.

—Papi —me dice María Paula, y luego rectifica—, digo, ¿te puedo llamar así? Es que me siento más cómoda llamándote papi.

—¡Por supuesto mi amor! —le digo—. Me gusta mucho que me digas así.

—¿Mis abuelos allá en Cuba saben de mi hermana y de mí?

—Sí, por supuesto que ellos saben de ustedes dos, y están locos por verlas y besarlas, jugar con ustedes y de seguro tienen muchas historias que contarles.

—Yo quiero ir a Cuba para conocerlos y quedarme un tiempo con ellos, con toda mi familia de allá. Quiero conocerlos a todos.

—Pues tus abuelos se pondrán muy contentos cuando tú puedas ir a visitarlos, y más si te quedas un tiempo con ellos.

—Mi mamá nos hará una video llamada a nuestra familia en Cuba y también a mis abuelos, tus padres.

—Ah, ¡qué bien! Eso quiere decir que hoy los vas a conocer. Ya verás cómo se alegran mucho.

—Sí, hoy lo haré, gracias a Dios. Además, dice mi mamá que tengo muchas primitas por parte tuya y que cuando viajemos a Cuba puedo jugar con ellas.

—Es verdad, mi niña, hay muchas primitas para que juegues bastante.

—¿Sabes cuál es mi color preferido?

— No, pero, según cómo estás vestida, deja ver… ¡debe ser el rosado!

—Ji, ji, ji ¡Sí, pues ese mismo es! ¿Y el tuyo, cuál es?

—Bueno, deja ver si adivinas; lo ves todos los días cuando miras al cielo.

—Eso está muy fácil, ¡el azul!

—Eres buena adivinando, pero tengo otros colores que me gustan mucho.

—¿Y cuáles son esos otros colores?

—También me gustan el blanco y el negro.

—Ah, ¿y mi sabor de helado preferido?

—Fresa, lo adiviné. Ji, ji, ji.

—No, no, ese no es, ¡es el chocolate! Ji, ji, ji.

—Ah, mira tú que bien. El mío es ese mismo, el chocolate. Coincidimos los dos en que es el sabor más rico ¿verdad?

—Eso mismo le digo yo a mi hermana y a mami, ellas prefieren el de vainilla, mi hermana, y a mami el de fresa.

—Uff, Qué bien, entonces es decir que nos vamos pareciendo mucho tú y yo.

—Sí. Nos parecemos mucho. Y tengo deseos de abrazarte y besarte, que me acompañes a mi colegio y presentarte a mis amiguitas, que vean lo lindo que es mi papá.

— Ji, ji, ji. Seguro, mi amor. Todo eso será posible, Dios mediante, tú veras. No perdamos la fe y se hará todo realidad.

En eso oigo que Taimí le dice a María Paula:

—Despídete por hoy de tu papá, mañana hablas otro poquito. Ahora ve para allá adelante, que están tus primitas esperándote.

—Chao papi, y cuídate mucho, yo quiero tenerte para siempre aquí conmigo. No quiero estar más sola sin mi papá, por favor, ven pronto. Chao. Te amo.

— Yo también te amo, mi vida, mi amor. Papá pronto estará contigo, Dios mediante. Estaré ahí contigo y con tu hermana. Ahora ve y disfruta de tu cumpleaños. Que Dios te bendiga por siempre.

— Amén. Besitos.

—Besitos mi amor.

La niña me tiró varios besitos de despedida y yo también a ella. Sus ojitos se ven alegres y a la vez hay algo de tristeza, es que se pensaba que a esta fecha ya íbamos a estar juntos. Pero este malvado virus vino a fastidiarme y ha retrasado mis planes, aunque sé que es mejor tarde que enfermar y empeorar mi situación.

Taimí coge el teléfono y comienza a hablar conmigo.

—Mira, tengo muy poco tiempo, llegó mi hermano con su esposa y sus niñas. Se quedarán aquí hasta que mejore un poco la situación epidemiológica. Así las niñas tienen otra compañía con quién jugar, y olvidar un poco lo difícil de esta pandemia. Además, de esta forma mis padres se preocuparán menos.

—Está bien, no te preocupes, te entiendo y te agradezco infinitamente por darme este momento de felicidad. Poder compartir con mis niñas, hablar con ellas y poder felicitarlas es lo mejor que me ha pasado en mucho tiempo. Estoy muy feliz.

—¡Déjate de tanta muela, que tú no eres tan bueno que digamos!

—Pero Taimí...

Entonces me mira seria, para luego dejar escapar una sonrisa pícara, con sus ojos bien abiertos y me dice:

—Dime, ¿Tú tienes algo qué decirme?

—No, nada.

—Jajajaja. Te comportas así tan calladito y seriecito, porque te tengo cogido por los cojo...

—Jajajaja

Nos reímos por unos minutos.

—¡Es verdad que tú no eres fácil! —le digo.

—¡Tú lo sabes mejor que nadie! Mira dónde tú estás ahora por mi razón.

Inmediatamente me pongo serio por lo que ha dicho. Como veo el rumbo que está tomando la conversación, decido calmarme y cambiar el tema de la charla.

—Taimí, ¿te puedo hacer una pregunta?

—Dime.

—¿Qué te pasa? Es que cada vez que te veo, veo tu carita más gordita, o hinchada.

—Es que como estamos en casa desde hace algunos meses por la pandemia, casi sin salir y sin ir al gimnasio, además que María José está rebelde y me tienen estresada todas estas situaciones, me ha dado por comer. Los resultados de tanta comida sin ejercicios no se han hecho esperar.

—Ah, ya entiendo.

—¿Algo más? Porque ya has consumido mucho de mi tiempo...

—Disculpa, pero tengo una pregunta más. ¿Puede ser?

—Sí dime, pero rápido. Y la última, que tengo visita esperando por mí.

—Será la última por el momento. ¿Qué le pasó a María José?

—Nada, ella es así, rebelde. ¿Cuándo tú has visto un adolescente tranquilo? Recuerda que mañana cumple quince años y aunque acá en los Estados Unidos se celebran los dieciséis, nosotros somos cubanos y le inculcamos las dos culturas y tradiciones. Además recuerda que Alejandro no está presente, eso es algo que le afecta psicológicamente. Tú debes de entender que él fue el padre que conoció desde que nació.

—Sí claro, por supuesto. Entiendo perfectamente, pero ella habló que estará presente alguien que yo ya conozco. ¿Qué quería decir con eso?

—Que está invitada María Caridad, Alberto y Albertico. Ella conoce lo que hay entre ustedes y cree que te puede perder por su causa. Ya sabes como son los adolescentes de celosos y más en esta etapa de su vida.

—¿Quién le dijo eso a ella? Yo no tengo nada con María Caridad, imagínate. Nosotros terminamos bien clarito nuestra relación.

—Bueno, por si acaso y para que no "metas la pata", no hables mucho. Sé mudo, que vas a salir ganando. Hay cosas que tú no sabes y que con el tiempo lo sabrás. Solo te pido que te cuides y que tengas paciencia. María José ya se acostumbrará. Yo fui quien le contó todo, no tengo secretos con mis hijas. Las conozco bien, ten mucha paciencia con ella y dale tiempo, por favor. Por lo que pude ver a María Paula ya te la ganaste, ella es muy diferente, dulce, amable y muy paciente; además, su mentalidad es de una niña todavía.

—Está bien, eso haré, mucha paciencia y boca cerrada para que se puedan dar las cosas. ¿Está bien así?

—Sí. ¡Ah!, se me olvidaba algo. Quizás mañana María José hable poco contigo, conmigo y con todos. Debemos tener calma y comprender. ¿Está bien?

—Sí, está bien.

—Ahora si te dejo. Cuídate.

—Ustedes también.

—Por si acaso María Paula te cuenta, o tú lo puedes ver, María Caridad, Alberto y el niño vivirán aquí en la casa de mis padres, en unos cuarticos que hay allá atrás, en el patio de la casa. Al menos hasta que cambie la situación epidemiológica.

—Bien, gracias por la información.

—Mañana en la tarde te llamo. Chao.

—Bien. Estaré esperando. Chao.

Me sorprendió mucho esa amistad repentina de Taimí con María Caridad. Solo Dios sabrá que hay detrás de esa amistad. Esa noche estaba que ni la preocupación de lo lejos que estaba de mi casa y lo que me esperaba, impidieron que me sintiera tan feliz, como un niño con juguete nuevo. Estaba muy complacido por haber conocido a mis niñas y di gracias a Dios por haberme permitido hablar con ellas. Esa noche pude hablar con mis padres y les conté todo lo sucedido, ellos se alegraron mucho.

Ustedes que están leyendo esta historia, ¡sé lo que pueden estar pensando! Sí, es verdad, le escribí también a María

Caridad, ¡pero eso sí y le dejo bien claro a ustedes, que solos hablamos de un solo tema, mis hijas!

Al día siguiente esperaba con ansiedad la llamada de Taimí, pues como saben es el cumpleaños de María José, mi hija mayor. Esta vez también me sentía nervioso, pues tenía miedo de decir o preguntarle algo que la entristeciera. Sé de antemano cómo se está sintiendo emocionalmente en estos días, por la ausencia de Alejandro. Escucho el tono del celular y mi corazón se acelera. El celular identifica que es el número de Taimí, pero me llevo una buena sorpresa, ¡qué bueno!

—Hola, buenas tardes.

—Buenas tardes —me dice María José.

Estoy muy emocionado de ver a mi niña, mi jovencita. Estaba preciosa, aunque un poco triste.

—Muchas, pero muchas felicidades hija mía. Sé que es una etapa muy especial de tu vida. Quiero que sepas que siempre podrás contar conmigo para todo lo que sea en esta vida. Y deseo que tengas siempre mucha felicidad, salud y amor.

—Muchas gracias por todo.

—¡De nada mi vida!

—¿Te puedo pedir una cosa?

—¡Pide lo que sea! Dios mediante, lo lograré.

—¡Ven pronto! Quiero conocerte mejor, saber todo de ti. Poder verte frente a mí, frente a frente para mirarte los ojos y saber si un día te puedo dar un abrazo de una hija a su padre y sobre todo, saber si te puedo llamar "papi". Porque papá ya le llamé a otra persona y no sería correcto llamarte así. ¿Me entiendes?

—Sí, te entiendo hijita mía.

—¡Verdad que me entiendes! ¿Verdad?

—Sí mi niña, verdad que te entiendo.

—Yo no te estoy cerrando las puertas de mi corazón, solo quiero conocerte, estar frente a ti. Que tengamos nuestro tiempo y nuestro espacio.

—Está bien, así será. Estoy seguro que es lo mejor que podemos hacer.

—Ahora te pediré otra cosa.

—Sí, dime. Recuerda que estoy a tu entera disposición.

—Mi mamá llamará más tarde a mis abuelos y yo hablaré con ellos, si así Dios lo permite, y no quiero que le adelantes nada. Será una sorpresa para ellos.

—Está bien, como tú digas, no diré nada, dalo por hecho.

—Bien, muchas gracias.

—¿Me permites decirte unas palabras más?

—Sí, dime.

—Quiero decirte que yo le pido mucho a Dios, con mucha fe, para que nunca falte en tu corazón, mucha paz por sobre todas las cosas, alegría y una dulce sonrisa.

María José, al escuchar mis palabras, se sonríe. Ese momento para mí fue como al terminar una tormenta, y saliendo el sol detrás de una nube, aparece en el horizonte un bello arcoíris con sus colores brillantes. ¡Qué sonrisa más bella resurgiendo de esa tormenta de tristeza en la que estaba sumergida! Fue la sonrisa más tierna, dulce, y por sobre todas las cosas, llena de esperanza. Entendió en ese momento que podemos tener una hermosa relación de hija y padre, aun cuando nos acabamos de conocer.

—Muchas gracias, de todo corazón. Te lo agradezco, me hiciste reír.

—Los padres siempre queremos que nuestros hijos sonrían.

Los ojos bellos de María José están brillosos, como miles de estrellas en el firmamento. Lindos como los de su madre cuando está feliz. Pero hay algo diferente que me llama mucho la atención, es esa mezcla de alegría y tristeza que siento hay en su corazón; algo inusual en una niña tan joven.

—Muchas gracias por darme la oportunidad de empezar a conocerte poco a poco, y por felicitarme en este día tan especial que es mi cumpleaños. Muchas gracias y cuídate mucho.

—Las gracias son para ti, por darme esa sonrisa tan bella, por ser tan dulce, tan amable, cariñosa y comprensible ante todo. Gracias y que Dios te bendiga por siempre.

—¡Amén! Dios te bendiga a ti también.

—¡Amén!

—Chao. Te pongo a mi mamá.

—Está bien mi niña, ponme a tu mamá.

He quedado triste al ver la tristeza de mi niña. Me preocupa que siendo tan joven lleve esa tristeza tan arraigada. Yo sé el motivo según lo que me explicó Taimí y la entiendo, pero tiene que aprender a ver las cosas bonitas de la vida, y no vivir por inercia.

María José le alcanza el teléfono a Taimí y comienza preguntándome.

—Entonces dime, ¿cómo te sientes un día como hoy?

—Qué te puedo decir, Muy contento y orgulloso de mis dos niñas, mis amores, mis dos grandes tesoros. Qué más le puedo pedir a la vida que no sea que me permita estar a su lado el resto de mi vida.

—Yo espero que eso suceda pronto, que puedas llegar acá pronto para que estés a su lado.

—Dios mediante, espero que eso suceda muy pronto. Sé que ayer me explicaste cómo se está sintiendo María José, pero me dejó algo preocupado por esa tristeza que tiene.

—Es por eso que te estoy pidiendo que le des tiempo y paciencia a la relación tuya con María José, ella perdió a su primer padre, el que conoció desde que nació. Tienes que crear una historia en su vida y para eso el tiempo es el libro donde la escribirás. Luego ella tendrá una historia más que contar en el futuro, el encuentro de ustedes dos.

—No te preocupes, yo iré paso a paso, lento como si fueran pasos de jicotea. Pero yo lucharé por la paz interior y la alegría de mi princesa.

—Eso me parece muy bien y no lo dudo. Ahora te pongo a María Paula al teléfono, que está desesperada por conversar contigo.

Conversé con María Paula una hora aproximadamente. Nuestra relación es floreciente, tan natural, tan hermosa. Quizás no tenga tanta influencia sobre ella la ausencia de Alejandro porque pasó menos tiempo con ella. Además, como es más niña que su hermana, quizás eso influya mucho en que la relación padre e hija esté fluyendo con mayor naturalidad.

En el día de hoy, en resumen, estoy contento de haber podido ver y conversar nuevamente con mis reinas. Pero he quedado con una angustia que no se me quita del corazón. Cada vez que recuerdo la carita triste de María José, pienso en comenzar la travesía lo más pronto posible, Dios mediante, para llegar pronto a su lado y ser más que su padre, su amigo, su sostén y su esperanza de superar la ausencia de Alejandro.

Ya han pasado algunos meses en los cuales mi angustia es sobrenatural por los deseos de seguir adelante con lo planeado, y no poder salir de Ecuador por la situación epidemiológica. Pero ya está mejorando, por lo que decidimos seguir. Ahora el problema es que se ha gastado gran cantidad de dinero que no estaba en los planes. Entonces Taimí decide ayudarme para acelerar mi llegada, y me manda un dinero por las agencias que se encargan de este tipo de trámites. Así recupero el dinero gastado y puedo continuar mi itinerario.

Ya todo el grupo que nos habíamos quedado varados en Ecuador estamos decididos a continuar la travesía rumbo a los Estados Unidos. Nos despedimos de la muchacha embarazada y su esposo ya que deciden no continuar por el momento, ella está a punto de dar a luz. El resto del grupo que hemos pasado la cuarentena juntos, comenzamos los preparativos para el recorrido. Entre las cosas que recopilamos están medicamentos, frutos secos, conservas, comidas enlatadas, chocolate, barras energéticas y como vamos a cruzar una selva de clima húmedo y llueve intermitentemente, tratamos de llevar capas y botas apropiadas. Por experiencias de amigos que hemos sabido sus historias, sabemos que lo mejor es contratar un guía desde aquí, desde el lado ecuatoriano.

Antes de cruzar la frontera con Colombia, el guía contratado nos cobra un precio por sus servicios hasta llegar a Panamá. La mayoría de los que han decidido iniciar esta travesía a rumbo, es decir sin guía desde acá y sobrevivieron, tienen historias difíciles. Por ejemplo algunos han sido violados, otros incluso han perdido todo el dinero, otros han sido secuestrados y obligados a ser de mulas de tráfico de drogas. El motivo de que algunos se arriesguen sabiendo los riesgos, es por supuesto, la falta de dinero para pagar ese guía desde el inicio. Gracias a Dios todos los de nuestro grupo cuentan con ese dinero, pues hemos recibido ayuda económica de familiares y amigos.

Pasamos por la ciudad de Medellín hasta llegar al poblado o la ciudad pequeña de Neclocli, desde donde tomamos las lanchas para cruzar el golfo de Urabá. Así llegamos a Capurganá, última localidad antes de encontrarnos con la terrible selva.

En Neclocli estuvimos un día hasta que nos llegó el turno de montar en las lanchas. Estuvimos con suerte, pues en ocasiones demoran de 2 a 3 días, incluso más, para poder subir a las lanchas.

Acá esto está lleno de emigrantes de muchos lugares: hay africanos, asiáticos, árabes, brasileños, bolivianos, peruanos, colombianos, haitianos, venezolanos y nosotros los cubanos, sobre todo. Todas estas personas con un motor impulsor que es la mejoría económica, por las necesidades financieras que enfrentan y buscan el sueño americano. Las migraciones son tan antiguas como el hombre mismo. Estas migraciones se relacionan por los territorios, las culturas y las realidades de los pueblos. Son muchas y diversas las cosas que las incentivan.

Estando en Neclocli preparamos todo lo que realmente pensábamos que sería necesario para adentrarnos en la selva. Allí nos dimos cuenta que nos faltaron algunas cosas por comprar. Aunque acá es todo más caro, son muy necesarias y hay que comprarlas.

Antes de entrar a la selva les hicimos video llamadas a nuestros familiares y pudimos recargar nuestros celulares. Ya con todo listo y una vez ya en Capurganá se empezó a caminar desde un punto específico hacia un punto de la selva del Darién.

Las amistades hechas en Ecuador y que viajamos ahora juntos, casi todos le pagaron a una persona que los ayuden con las maletas. Aun así, a medida que avan-

Yoenis López Blanco

zamos por las lomas, ya el cansancio comienza a sentirse. Lo que antes nos pareció súper necesario ya no lo es tanto, por lo que vamos desechando algunas cosas. Quizás las palabras no sean capaces de describir esa sensación de cansancio infinito, donde los músculos se niegan a seguir obedeciendo al cerebro; no desean seguir ejerciendo sus funciones. Se ve flaquear el espíritu a algunas personas de los tantos que van en el grupo de casi 100 personas, es que hay personas que no están preparadas físicamente para esta caminata tan intensa, como los niños, embarazadas, personas de cierta edad y los que la salud no nos acompaña.

A medida que el grupo avanza y logra reunirse para acampar en las noches, se ve claramente el agotamiento físico y mental. Algunas personas deciden virar, pues la falta de aire, las taquicardias, el barro del camino, la constante lluvia, la gripe e incluso fiebre se iban apoderando de los cuerpos ya exhaustos.

Algo que es obvio es que el guía siempre va delante del grupo, seguido por los más fuertes físicamente, y al final los rezagados, donde por lo general eran ese grupo de personas más débiles, como los menores, mayores y embarazadas. Por momentos nos ayudamos unos a otros, pero al final cada quien sigue su ritmo. Es la ley de la supervivencia, como me comentaba el guía. Por muy difícil que sea de creer, es la realidad que se vive aquí.

Muchos quieren salir rápido de la selva y si por ellos fuera, no descansaríamos ni de noche. Y como si fuera poco, la alimentación se agota y pasar mucho tiempo dentro de la selva, según dicen los nativos: "si te entretienes mucho dentro de la selva, te atrapa y nunca te deja salir de ella". En el trayecto ayudo, al igual que otros cubanos, a muchos que se encuentran en dificultades por el agotamiento o por falta de alimento. Pero el cubano siempre es solidario y más en momentos como estos. Además, como se dice en Cuba "dentro de cada cubano hay un médico", y eso nos lo creemos en serio aunque a veces, no nos curemos ni a nosotros mismos. Lo sufrí en carne propia, pues me dio una crisis de asma como hacía mucho tiempo no me daba, con tos intensa y falta de aire, acompañada por fuerte dolor de cabeza, taquicardia; pensé que moría pues sentía que el corazón se quería escapar del pecho. No sé cómo pude resistir, creo que fue el recuerdo de las caritas sonrientes de mis niñas lo que me dio fuerza para resistir y claro, mi fe inquebrantable en Dios. Todos nos vimos afectados de un punto de vista o de otro.

Cruzar los ríos es también un gran desafío. Hoy mientras cruzábamos uno con fuertes corrientes, una mujer fue arrastrada por estas corrientes de agua. Gracias a Dios no pasó más que del susto y no corrió el mismo infortunio de otras dos mujeres y un bebé, hace dos días atrás, que perdieron la vida por esta causa. Por el camino nos encontramos con personas que quedaron rezagados y abandonados de grupos anteriores, en muy mal estado de salud. También hay cuerpos inertes de aquellos que no han soportado, por tener algún problema de salud o han sufrido algún accidente mortal. Los nativos cuentan tantas historias diferentes, que dan escalofríos. Los rezagados se han quedado sin su guía y sin protección alguna. Al menos con el guía y el grupo de muchas personas, uno se siente más seguro. Por eso nosotros, desde que estábamos en Ecuador, nos hemos encomendado al amor y poder de Dios. Dando así, constantemente aliento a todos para mantener la fe en Dios, y tomar fuerza de Él y seguir adelante: "Que con Dios todo poderoso, todo se puede".

Antes de subir la temida y difícil "Loma de la Muerte", nos reunimos para orar y pedir a Dios fuerza y protección. Ya un momento antes de iniciar la escalada veo a dos personas paradas a pocos pasos, una mujer y un hombre que no pertenecen a nuestro grupo; son del grupo del día anterior, parece que se han quedado bien rezagados de su grupo, ¡Quizás han estado perdidos, o vaya uno a saber!

Mientras camino y me voy acercando a ellos, observo discretamente cómo me están mirando. Tomo la decisión de saludarlos y con la cabeza le hago un gesto ligero en forma de saludo, para continuar el camino, poco a poco. Pero continúan mirándome solo a mí y luego me doy cuenta que comienzan a comentan entre ellos, muy bajo. No me gusta eso para nada, y pienso: ¿qué se traerán entre manos? ¡Aquí hay gato encerrado! Por lo que decido regresar hacia ellos y preguntarles si me conocen de alguna parte o sucede algo que me involucre.

—Buenos días.

—Buenos días.

—¿Sucede algo? ¿Pasa algo que tenga que saber?

—No, no. ¿Por qué nos dice eso?

—Es porque veo que me están mirando insistentemente de una forma, no sé. ¿Acaso nos conocemos? ¿O se les parezco a alguien conocido?

—No, no nos conocemos, pero somos cubanos y creemos que tú también.

—Bueno, en realidad este pequeño grupo es de cubanos y formamos parte de uno más grande donde sí hay de varios países.

—Sí, nos hemos dado cuenta de eso. Nosotros somos del oriente de Cuba, de la ciudad de Bayamo.

—Mira tú que casualidad, yo también soy de ahí. Aunque he aprendido a no creer en las casualidades.

Yo, como todo cubano, siento alegría de encontrarme con coterráneos y me presento dándole la mano a los dos.

—Bueno, mi nombre es Yoel.

—Mi nombre es Rafael.

—Soy Maritza.

—Un gusto conocerlos. ¿Están esperando a alguien aquí, en este lugar?

—El gusto es nuestro y no, no estamos esperando a nadie. Estamos descansando un momento para seguir.

—Pues si ya descansaron, ¡subamos entonces! Porque yo sí debo seguir, pues están subiendo las amistades con las que yo vengo; y no me quiero alejar de ellos.

—Está bien, subamos.

Me alegré de conocer a esta parejita de cubanos y más porque son de la misma ciudad que yo. Los tres empezamos a subir la terrible "Loma de la Muerte", en el nombre de nuestro Señor Jesús Cristo. Basta solo con hacer un resumen, fueron casi 8 horas subiendo y casi lo mismo bajando por un lugar muy difícil, un camino lleno de barro donde todos nos caímos varias veces. Estaba lloviendo, y menos mal que habían nativos que por cierta cantidad de dinero ayudaban con el equipaje de algunas personas, y con los niños. Claro, como es lógico hay algunos que no se pueden dar ese lujo, y deben realizar la travesía sin ayuda de nadie. Todo depende de la posibilidad económica con que cuente cada persona, para tan riesgosa aventura. Si la solvencia es alta, se hace pasando el menor trabajo posible.

Todo lo escuchado sobre la travesía y sobre todo este tramo, es poco, y no es capaz de ilustrar la realidad de lo vivido. Esto no tiene nombre, se aprecian esqueletos humanos por el camino y nos encontramos con un cadáver en descomposición. Otros cuerpos han tenido un cierto descanso, pues han sido enterrados en las cercanías de la ruta. Nos encontramos con dos personas que llevaban dos días tratando de subir la loma. Aquí la taquicardia y la falta de aire aumentan como nunca, el aire se siente demasiado denso por la altitud, a lo que se le suma la constante lluvia que provocan gripe y fiebre.

La escases de agua y alimentos y el terreno de difícil acceso, todo esto y muchas cosas más como los mosquitos, los animales peligrosos como serpientes venenosas y los ruidos de la selva, hacen que si una persona se queda sola en medio de todo esto sienta un miedo indescriptible, dándole entrada a la desesperación, y entonces el pánico se apodera del ser. Muchas personas se caen provocándose lesiones y muchos pierden hasta la vida. Con sus muertes terminan sus sueños y metas, también los sueños de quienes en ocasiones dejan en su país de procedencia. Los familiares de los muchos que mueren acá no son informados de sus muertes, y mucho menos pueden dar un entierro digno, donde dar tributos después de muertos. Según los nativos, existe un lugar donde hay varios enterramientos sin identificación y que todos los cadáveres allí existentes son migrantes que han ido en las travesías. Esto no tiene forma alguna de describirse con lujo de detalles. Es mejor no vivirlo, viendo este punto de vista. ¡Pero qué no hacen los padres por sus hijos!

Hemos vencido uno de los tramos más difíciles de la travesía. Miro al cielo y doy gracias a Dios por darnos fuerzas y protegernos de los peligros de este tramo. Ahora nos guían hacia el "Campamento del Abuelo". En este campamento descansamos por unas horas antes de tomar unos botes que nos llevan a otro campamento, donde está Migración y el ejército de Panamá. En este "Campamento del Abuelo", nuevamente doy gracias a Dios por permitir llegar bien a todos los integrantes del grupo de inmigrantes. Que ya somos como familia, por los contratiempos y dificultades que hemos atravesado y vencido juntos, y por supuesto a los nuevos miembros,

Rafael y Maritza. Cómo antes mencioné, aquí descansamos unas horas, en las cuales nos brindan comida y bebidas. A mí se me hace la boca agua, nada más pensar en comida buena y caliente.

Estando en medio de una conversación con algunas de las amistades, y mientras esperamos nuestro turno por los alimentos, me percato que Maritza y Rafael están un poco apartados del grupo. Rápidamente me dirijo hacia ellos y le pregunto qué les pasa.

—Disculpen. ¿Sucede algo?

—No, todo está bien.

Rafael rápidamente me ha respondido, pero veo cierta intriga en las miradas que intercambian entre ellos, y Maritza se nota algo inquieta. Por ello, decido preguntar nuevamente, pero esta vez directamente a Maritza.

—¿Todo está bien, Maritza?

—Sí, digamos que sí, para todo lo que hemos pasado en esta travesía.

—Pues entonces vamos para allá con los demás compañeros del grupo y comamos algo.

—No, lo que pasa es que no tenemos hambre aún.

Esas palabras de Rafael no solo me dan a entender que no tienen dinero, sino también que les pasó algo por lo que perdieron el dinero, y no tienen ni para comer.

—Miren, les diré algo, y será una sola vez.

Al escucharme hablar de esta forma, tan autoritaria, los dos me miran atentos y serios.

—Nosotros no somos amigos, pero estoy casi seguro de que lo seremos, y estamos en el inicio de una gran amistad. Ahora ustedes no tienen dinero, pero yo sí tengo algún dinero todavía, por lo que si yo tengo, ustedes también tienen. Así que vamos para que coman algo.

En eso a Maritza se le salen las lágrimas y suelta un grito de odio, de impotencia y sobre todo de dolor. Rafael, con sus ojos aguados, estrecha mi mano en señal de agradecimiento. Yo me senté en una piedra frente a ellos, para calmarlos un poco antes de ir a comer algo.

—Está bueno de llorar, lo que tenemos que hacer es festejar que logramos pasar la terrible selva del Darién. Somos héroes de nuestras propias hazañas.

Pero Maritza no deja de llorar, ahora lo hace con mayor intensidad, y Rafael trata de consolarla. Esta actitud de Maritza me preocupa, me asaltan dudas y mi cerebro se formula varias preguntas que quisiera que me respondiera esta pareja. A la vez, me pasan por la mente tantas respuestas, que realmente no quisiera que lo que suceda sea una de ellas, ya que no son nada buenas, pensando en las historias que he escuchado.

—Disculpa si te ofendí —le digo—, yo solo quería ayudar. Si hay algo más que yo pueda hacer o saber, por favor, pueden contar conmigo.

En eso Maritza me mira y mira a Rafael. Este le hace un ademán con la cabeza, afirmándole que puede contar conmigo. Maritza titubea un poco, pero como para no arrepentirse lo dice rápidamente.

—¡Me violaron!

—¿Cómo? ¿Qué tú dices?

—Así mismo, como escuchaste. Me han violado dos veces.

—¿Pero cómo fue eso? ¿Cuándo?

—La primera vez fue cuando cruzamos la frontera para Colombia. A Rafael lo amenazaron con un arma, mientras me violaban. Nos quitaron todo el dinero y los celulares, pero yo traía un poco de dinero escondido en la faja del pantalón y en el ajustador. Ese dinero no lo perdimos, pues como se enfocaron en violarme, no se dieron cuenta. En cambio a Rafael lo registraron y le quitaron todo.

—¡Concho, cuánto lo siento! De verdad.

—Entonces, con el dinero que nos quedó, nos alejamos de aquel lugar lo más rápido posible hasta llegar a la ciudad de Medellín. Allí compramos un celular y llamamos a unos amigos, a los que les comentamos lo sucedido. Ellos se dispusieron a ayudarnos. Al día siguiente recibimos el dinero y seguimos nuestro camino hacia nuestro objetivo. Ya estando acá en la selva, no muy lejos de donde te encontramos, sucedió la otra violación. Nosotros íbamos caminando normal, pero hubo un momento en que nos quedamos solos, aunque detrás venía un grupo grande de migrantes.

—¿Y qué pasó entonces?

—Pasó que aparecieron unos hombres de la nada, a los que les preguntamos si íbamos bien por ese camino, pues estábamos siguiendo las pistas que dejan los grupos anteriores para no perdernos, o sea, las cosas que van dejando en el camino.

—¿Y entonces?

—Nada, que se repetía la misma pesadilla, nos apuntaron con armas, incluso con armas grandes.

—Con rifles, parecidos a los que salen en las películas.

—¡Qué situación!

—Entonces nos dijeron que si no hacíamos caso nos mataban allí mismo y nos enterraban, fin de la historia.

—¡Ay Dios mío, cuánta maldad!

—Luego nos adentraron en la selva y nos pidieron el dinero y nos quitaron los celulares. Esta vez sí que nos registraron minuciosamente tanto en los objetos como en nuestros cuerpos. A mí me violaron tres personas. Incluso, le dijeron a Rafael que se había salvado.

—Por la forma como me hablaron, pensamos que me podrían violar a mí también —intervino Rafael—. Yo no te conozco muy bien pero sé que puedo confiar en ti. Primeramente, porque inspiras confianza y segundo, porque conocemos personas muy allegadas a ti. Sabíamos que estabas por acá. Por eso te estábamos mirando extraño, como nos dijiste.

—¿De quién me hablas?

—Conocemos a Alberto y a Taimí.

—¡Mira tú! Qué cosas tiene el destino.

—Maritza y yo somos muy buenos amigos.

—Bien, pero todos piensan que son pareja por como Maritza está pendiente de ti en todo momento.

—¿De verdad?

—¡Sí, en serio, parecen pareja!

—Como tú dices, estamos empezando una gran amistad, y para que me conozcas bien te diré que soy homosexual. Es posible que pienses "bueno, si es homosexual no importa que lo hubiesen violado". Pues aun así, una violación es traumática para cualquier persona. Lo más complicado del caso es que tengo VIH-SIDA.

—¿Tú tienes SIDA?

—Sí, tengo SIDA. Te imaginas si lo que yo entendí se trataba de una violación, así a mí, y luego a otras personas. ¡Te imaginas cómo se hubiese propagado está enfermedad que nadie quiere tener! Qué forma tan despiadada del destino, las víctimas de una violación, adquirirla así de esa forma. Porque si yo digo que tengo SIDA ahí mismo quizás nos matan.

—Por supuesto, las probabilidades eran muy altas.

—Nosotros salimos aterrorizados de allí. Nos cogió la noche saliendo de aquel lugar, con temor a las víboras, pues no teníamos con qué espantar los animales salvajes. Teníamos un miedo del carajo, pensábamos que no íbamos a amanecer vivos para hacer el cuento.

Rafael me contaba todo aquello mientras lloraba y estaba pálido y sudoroso del terror, nada más recordar lo vivido. He decidido ayudar en todo lo que esté a mi alcance a estas personas, que ya están traumatizadas más de lo normal.

—Ahora comprendo por qué Maritza está muy pendiente de ti, y más cuando subíamos y bajábamos "La Loma de la Muerte".

—Sí, por mi enfermedad —ratifica Rafael.

—Según todas las historias que me han contado, ese tipo de violencia, incluida las violaciones, solo ocurría en la parte panameña. No sabía que más allá también podían ocurrir.

—Es que toda la selva es peligrosa, no hay un lugar bueno y un lugar malo.

—¡Tienes toda la razón! Sé que los momentos han sido muy duros y difíciles. Pero vamos a comer algo, si no, nos moriremos de hambre y hay que comer para recuperar fuerzas. ¡Arriba muchachos!

Nos paramos y fuimos a comer algo. El resto de mis amistades habían terminado de comer.

———

Una vez que llegamos al campamento de migrantes en Panamá, nos dieron el conduce para cruzar por todo Panamá hasta llegar a la frontera con Costa Rica. Ya se respiraban otros aires de paz y seguridad. Convencí a Maritza y a Rafael, y los acompañé a hacer la denuncia de violación y robo que les había sucedido a ellos antes de subir la "Loma de la Muerte". Luego nos preparamos para continuar el camino por Panamá.

Ya del lado de Costa Rica, recibimos dinero del que María Caridad y yo habíamos dado para que fuera enviado a medida que fuera necesitando en el trayecto. Ayudé con parte de ese dinero a Rafael y a Maritza, pues les compré un celular de acuerdo a las posibilidades del momento. De esta forma ellos pudieron comunicarse con sus familiares y amigos. Maritza me pidió un favor.

—Por favor, si hablas con Alberto y Taimí, no le cuentes lo que nos ha sucedido. No quiero preocupar a esos amigos nuestros. ¿Puede ser?

—Por supuesto. De ahora en adelante los tres nos iremos cuidando uno al otro con la gracia del Señor Jesús Cristo, hasta llegar a nuestro destino.

—Muchas gracias.

—Muchas gracias, amigo —dijo Rafael.

—¡No hay porqué!

Ya yo me había comunicado con Taimí, las niñas, mis padres y hasta con María Caridad desde Panamá; pero por supuesto que no les conté nada de lo sucedido a Maritza y Rafael. Primero, porque los preocuparía y además, esa es una historia muy personal que les pertenece a ellos y que no se debe contar sin su consentimiento.

En Costa Rica contratamos los servicios de otros guías que nos llevarían hasta México. El grupo de mis amistades tuvo que ser dividido, para poder trasladarnos sin problemas hasta allá. Yo continúo con el grupo donde están Rafael y Maritza, ya que eso fue lo acordado con ellos, a pesar que sus amistades ya les han ayudado mandándole financiamiento para el resto de la travesía. Yo no los puedo dejar solos después de lo que les sucedió, y por la enfermedad que padece Rafael.

En México fue todo muy distinto para nosotros, a pesar que el peligro continuaba; pues si la policía o migración nos detenían, nos deportaban a los países de origen. El lograr nuestros sueños, ese objetivo que está ya tan cerca con respecto a todo lo recorrido hasta el momento, dependía de pasar desapercibido y evadir de forma efectiva a las autoridades. Si nos atrapan perdemos el esfuerzo realizado, y todo el dinero invertido para llegar hasta donde estamos. Gracias a Dios todo nos salió bastante bien. Incluso nos hospedamos en hoteles, no de mucha categoría pero era mucho mejor que en lo que habíamos estado. Ya estábamos tan cerca de llegar, que mi corazón latía más fuerte y soñaba despierto con mis hijas sonriendo a mi lado.

El cruce de la frontera para Estados Unidos fue por el estado norteamericano de Arizona. Una vez que nos entregamos a la guardia fronteriza, ya estábamos casi seguros de haber logrado nuestros sueños. ¡Pero no fue así tan fácil! Fue un proceso complejo y difícil. A pesar de las limitaciones por la COVID y de todos los chequeos epidemiológicos e investigativos que se realizan a cada uno de nosotros para ingresar a los Estados Unidos de América, manteníamos la fe y la esperanza de que realmente íbamos a lograrlo. Además, el trato con nosotros a pesar de todo, fue muy bueno. Por fin logramos salir del campamento donde estábamos esperando la decisión sobre nuestra situación.

Tuvimos suerte de que los tres salimos juntos a tomar el avión con destino a Miami. Nuestros familiares y amigos nos habían comprado el pasaje, ya que avisamos con antelación. La iglesia nos ayudó a llegar al aeropuerto, donde esperaba Alberto por nosotros. Me sorprendió mucho ver a Alberto allí, eso no me lo esperaba nunca. Al verlo nos acercamos rápidamente. Él le da un beso y un fuerte abrazo a Maritza, parecen ser muy buenos amigos. Al terminar el saludo se acerca entonces lentamente a Rafael y veo que las miradas son de algo más que amigos, como enamorados. Se abrazan e incluso se dan un saludo como de pareja. Yo me quedo perplejo, ¡el hombre que yo creía que estaba con mi mujer tiene una pareja que no es mujer! Yo tenía un criterio opuesto de Alberto, de mujeriego, pero bueno, la vida es así; me sorprende constantemente. Mis esperanzas de recuperar el amor de mi vida renacieron aunque podían existir contratiempos, ya que he dudado injustamente de ella, a no ser que ella esté realmente con él. Al terminar de saludar a Rafael, Alberto me saluda e intercambiamos algunas palabras.

—Buenos días Yoel, me da mucho gusto que hayas llegado. Tus niñas, tu hijo Albertico y tu mujer María Caridad esperan ansiosamente por ti.

Al escuchar las palabras de Alberto me viene el alma al cuerpo, pues a pesar de ver que es pareja de Rafael, pensé que me diría que me alejara de María Caridad, ya que es legalmente es su esposa y vino con él. Entonces le respondí a su saludo.

—Buenos días y muchas gracias.

—Quiero decirte que María Caridad y yo nos separamos cuando ella aún estaba embarazada, aunque me permitió estar hasta que Albertico naciera. Luego, quedamos siendo buenos amigos, por Albertico y por la historia que hubo de comprensión entre nosotros.

—Gracias por tus palabras y tu confianza.

—Rafael y yo nos amamos a pesar de la enfermedad que tú conoces que él padece. Pero así es la vida, y tenemos que luchar y vivir con este problema.

—Pueden contar conmigo.

—Muchas gracias. Quisiera pedirte algo.

—Dime en qué puedo ayudar.

—Que no le contarás todavía nada a Albertico ni a las niñas. Esperemos el momento oportuno para contarles con el menor grado de complejidad para ellos, para que entiendan mejor esta forma de vida diferente a lo que están acostumbrados.

—No te preocupes, no les contaré nada, ni a María Caridad tampoco.

—Ella siempre lo ha sabido, pero yo le pedí que nunca te lo comentara.

—Descuida, yo menos lo comentaré. Quiero que sepas que a todo el mundo siempre he respetado sin importar cultura, ideología, raza o religión. Tú eres un ser humano y vales por tus valores humanos y no por tu orientación sexual.

—Muchas gracias.

—No hay por qué.

Para reafirmar lo dicho, nos damos un apretón de manos y nos abrazamos en señal de agradecimiento y respeto entre nosotros.

—Siempre he estado seguro que cuidarás bien de Albertico, como un verdadero padre.

—De eso puedes estar convencido.

—Bueno, vamos, que ya es hora de irnos y son como más de cuatro horas de vuelo.

Pasamos los trámites establecidos y abordamos en el avión. Yo iba sentado con Maritza conversando de todo un poco y por supuesto que Alberto y Rafael iban juntos. Llegamos al fin a Miami, donde nos esperaba un amigo de Alberto, para trasladarnos en su auto. Por precaución de la COVID, el amigo de Alberto nos esteriliza todo el cuerpo y los bultos con un spray de una solución hidroalcohólica, nos da dos nuevas mascarillas y un protector facial. Luego, sin perder tiempo subimos al auto. A mí me llevaría para la casa de los padres de Taimí, ellos seguirían para un apartamento que Alberto les había rentado cerca de allí. Estaba muy nervioso por conocer a mis hijas. Pasamos por lugares muy bonitos, y aun así mis ojos ven pero no observan, el cerebro solo estaba concentrado en el encuentro con las niñas.

El auto se detuvo frente a una casa grande con jardín, y Alberto me dijo:

—Hemos llegado a tu destino. Entra, que te están esperando, pero antes desinfecta nuevamente tus manos. No te preocupes, que ellos también están tomando las medidas para evitar el virus.

Mi cuerpo estaba casi paralizado por los nervios. Lo forcé a responderme y como un autómata, me esterilicé las manos con el spray y tomé mis pertenencias para bajar luego del auto. Les doy las gracias por todo, deseo mucha suerte a Maritza y Rafael, ellos me desean lo mismo y que esperan verme pronto. Mientras camino en busca de la puerta de entrada, mi pulso se acelera, el corazón late fuertemente, mis ojos se abren y mis oídos captan todos los sonidos, como un radar. En un instante se abre la puerta y escucho desde el interior las voces alegres de mis hijas.

—¡Papi, papi, ya estás aquí!

—¡Llegaste, papito!

Mis dos niñas salen corriendo a mi encuentro. Yo suelto todo lo que traigo en las manos y arrodillado abro los brazos para recibir a mis hijas entre ellos. Solo nos abrazamos pues no quería correr el riesgo de estar infectado de COVID y enfermar a mis preciosas. Ellas también llevan doble mascarillas y protector facial.

—¡Mis niñas, mis amores! ¡Ya estoy aquí!

—¡Por fin papi, por fin!

—¡Te amo papi, te amo!

—¡Yo también mis amores!

Ese momento fue para mí inolvidable. No puedo describir con palabras la mezcla de sentimientos del momento, entre alegría, emoción, placer y hasta un poco de susto por la situación con la COVID; pero todos como ya me había dicho Alberto llevan doble mascarillas y protector facial. En los ojos las lágrimas no se podían contener, salían de los tres que nos unimos en un fuerte abrazo. El hermano de Taimí captaba el momento en un video y también otros de los presentes estaban emocionados. Las lágrimas brotaban de los ojos de la madre de Taimí, que trataba de secarlas en vano. Por unos minutos todos quedamos en silencio, escuchando solo la melodía de nuestros corazones emocionados, hasta que María José habló:

—No te apartes nunca de nosotros, ¡te amamos mucho, te queremos!

—Yo lo sé mi niña hermosa, yo también las amo mucho y Dios mediante, no voy a separarme nunca más de ustedes dos.

—Pero ven, saluda a los demás y pasa, que tienes una sorpresa —dice María José.

—Una sorpresa no, serán dos sorpresas —comenta María Paula.

Yo me imagino que me están hablando de Albertico y María Caridad. Saludo a los padres y el hermano de Taimí que aún sigue grabando todo; continúo con la esposa del hermano y sus hijas. Pero Taimí no está, las niñas me llevan de la mano al interior de la casa por lo que pido permiso y sigo a las niñas casi hasta el fondo de la misma. Veo salir a mi encuentro a Taimí y nos damos un fuerte abrazo, como nunca antes nos habíamos dado. Ese abrazo era como de dos grandes amigos que llevan muchos años sin verse. De pronto nos miramos y nos sonreímos, y ella me dice:

—¡Felicidades! Lograste llegar y te ves bien a pesar de tantas vicisitudes que has pasado.

—Bueno, puede ser por el viaje —le respondo—, pero yo te veo un poco cambiada desde la última vez que nos vimos en Cuba.

Las niñas se echan a reír al mismo tiempo y yo también me río, sin saber el porqué. Taimí se sonríe también y me invita a pasar al cuarto donde rápidamente veo dos bulticos en una cuna que se mueven y gimen un poco. ¡Son dos bebés! Asombrado pregunto:

—Y esas bellezas de bebés, que Dios los bendiga. ¿Pero de quiénes son?

—Ese par de mellizos, esos angelitos son dos bendiciones que Dios permitió que tuviera, al igual que estás niñas preciosas.

—¿Pero con quién las tuviste, quién es el padre y cómo pudo ser posible, si estás ligada? Tú me dijiste que ya no podías tener más hijos.

—Es verdad, eso te dije, ustedes los hombres son muy fáciles de engañar. La verdad es que ahora fue que me ligué en la misma cesárea y de quiénes son, solo te diré que te acuerdes de la casa de mi abuela.

Mi mente remonta rápidamente al pasado, a la última vez que vi a Taimí en casa de su abuela, las escenas de sexo y placer entre los dos.

—Sí, recuerdo.

—Entonces alégrate y confórmate con saber, que viniste por dos hijas y te encontraste con dos más. Dios te está dando la oportunidad que disfrutes el ser padre varias veces, y de estar presente en esta ocasión desde sus primeros meses de vida.

—¡Confieso que es una tremenda sorpresa! Pero sí, estoy muy contento; feliz de ser padre de todos estos ángeles.

Taimí se acerca un poco más a la cuna y extiende su mano para acariciarle la cabecita de uno a uno y dice con voz apacible.

—Te presento a Tomasito, o sea, Tomás, como tu papá. Fue el primero en nacer. Este se llama...

María José se le adelanta y dice rápidamente.

—Alejandro.

Taimí le responde cariñosamente a María José.

—Así mismo es, mi amor.

Taimí se gira para mirarme a los ojos y preguntarme.

—No me has dicho si te gustan los nombres, Yoel. ¡Espero que sí!

—Por supuesto que me gustan. Es una forma de homenajear a dos grandes hombres. Doy gracias a Dios.

Todos nos echamos a reír, pues sí que era tremenda sorpresa la que me tenía reservada Taimí. El hermano de Taimí grabó todo, hasta ese momento, para la historia. Las niñas no se desprendían de mí por lo que Taimí decidió:

—Luego te doy los detalles. Ahora ve con ellas, que están desesperadas por compartir contigo.

Así fue como estuvimos conversando ellas y yo como dos o tres horas seguidas, intercambiamos sobre los gustos de cada cual, historias graciosas que nos han pasado en la vida y por supuesto, los sueños de cada uno. Al cabo de ese tiempo, Taimí interrumpe para pedirles a las niñas que vayan a la cocina y preparen una merienda. Así de esta forma, se queda a solas conmigo y me habla de otros temas.

—Ahora que estamos solos, vamos a hablar cosas serias de mayores —dijo Taimí con seriedad.

—Bien, te escucho.

—Cuando mejore la situación con la pandemia, averiguaremos los trámites que hay que hacer para que reconozcas legalmente a tus hijas e hijos.

—Me parece que es lo más adecuado y correcto.

—Vas a dormir allá atrás en una habitación que tiene todas las comodidades necesarias, como cocina y baño.

—Me parece bien. Gracias.

—Dormirás con María Caridad.

Al escuchar eso mi corazón da un salto y se agita. Con la emoción me había olvidado que María Caridad vive en estos momentos aquí. Tengo la duda si ella quiera vivir como pareja conmigo después de todos los desplantes que le he hecho.

—Uff. ¿Tú crees que ella quiera eso?

— Ella nunca ha dejado de amarte, hemos conversado y sé que estará muy contenta.

—Por cierto. ¿Dónde están ella y Albertico?

—Con esto de la pandemia los trabajos están un poco reducidos en algunos lugares y María Caridad hoy no trabaja, pero está con el niño para la casa de sus abuelos paternos. Decidió no interferir en tu encuentro con las niñas. Yo se lo agradecí, pues pienso que fue una sabia decisión. Entonces, ¿Qué opinas de estar junto a María Caridad?

—Y tus padres y las niñas ¿qué dirán?

—Eso ya está hablado con ellos y no hay problemas, todos están de acuerdo.

—Si tú lo dices... Yo no tengo ningún problema para hacer lo que me dices; al contrario, muy feliz me sentiría.

—Qué bueno que los dos sientan lo mismo. Me da mucha alegría por ustedes.

—Muchas gracias.

—Hay otro tema que quiero hablar contigo.

—Pues dime.

—Quiero que me digas con pocas palabras. ¿Cómo te fue con Alberto, Rafael y Maritza?

—Bien, hicimos un buen equipo, nos llevamos muy bien.

—Me alegra mucho escucharlo de tu propia boca.

—¿Por qué? ¿Pasa algo?

—No, nada que no tenga que pasar. Solo que me conmovió mucho lo que hiciste por ellos. Sabía que actuarías así.

—¡Caramba, claro! Tú me conoces, soy humano ante todas las cosas.

—¿Qué te pareció Maritza?

—Una buena persona, valiente, digna de admirar.

—Tú pensaste que ella era pareja de Rafael.

—Sí, me sorprendieron, yo pensé que era pareja de Rafael. No los conocía, por lo que no tenía por qué saber lo de Rafael, se comportaba normal. Y Maritza, muy bonita ella, femenina y muy atenta con él. Todos pensábamos que eran pareja.

—Bueno, iré directo al asunto.

—Dime.

En eso se acercan las niñas porque ya está la merienda. Taimí les dice a las niñas que no merienden mucho para que puedan cenar conmigo esa noche. Las niñas se sonrieron y yo también.

Por lo visto es algo muy serio lo que Taimí quiere decirme, pues me mira a los ojos y luego habla:

—Yoel, luego seguimos con la conversación, es muy importante. ¿Está bien?

—Está bien, cuando quieras. No hay problema.

En ese momento entra la cuñada de Taimí para informarle que está todo listo para preparar la cena de esta noche. Luego de la merienda, ayudamos todos a preparar la cena y a montar una mesa grande que ellos tienen para las celebraciones.

Me siento alagado por ese recibimiento que me están dando con mis hijas. Además, nos reuniremos todos, incluyendo a Rafael, Alberto y Maritza.

Ya estamos todos los de la casa, preparados para la ocasión. Estoy ansioso por ver llegar al amor de mi vida y a mi otro hijo, Albertico. Hace una tarde con excelente clima. Se usará para esta ocasión una mesa habilitada en el centro del patio. ¡Mis niñas se ven tan bonitas! Las observo mientras son muy creativas y adornan la mesa con tanta gracia.

Se escucha el timbre de la casa y el hermano de Taimí se dirige a abrir la puerta. Mi corazón comienza a latir con intensidad, por la posibilidad de que sea María Caridad quien ha llegado. Al regresar, el hermano de

Taimí viene con Maritza, Alberto y Rafael. Siento alivio y angustia a la vez, pues quiero ver a mi amor. Nos saludamos y conversamos mientras esperamos a María Caridad y Albertico, los últimos invitados. Nos reímos animadamente de lo pronto que nos encontramos, pero ahora, en mejores condiciones. Los ojos se me quieren salir de las cuencas cada vez que escucho algún ruido por la calle. No aguanto más y le pregunto a Alberto:

—Alberto, ¿demorarán mucho María Caridad y Albertico?

—No te preocupes, ya deben estar al llegar. Mis padres viven cerca de aquí.

Esa respuesta no calmó mi ansiedad por ver aparecer a mi amor y al niño. Estoy muy nervioso, pero no me queda otra opción que seguir esperando pacientemente. Mientras, mis niñas conversan conmigo, aunque la menor, María Paula de vez en cuando juega con sus primitas. Al conversar con María José confirmo aún más lo difícil de la adolescencia en ella. Por el costado de la casa, silenciosamente, aparecen María Caridad y Albertico. El niño corre hacia mí, me abraza fuertemente y me dice casi llorando:

—¡Papito, papito como te extraño y te quiero!

Esa expresión me desgarra el alma y solo me queda consolarlo, aguantando yo también los deseos de llorar.

—Ya estoy aquí, mi niño, no te preocupes, que somos una gran familia de ahora en adelante.

María Caridad llega hasta donde estoy después de haber saludado a los demás. Nos miramos a los ojos y nos quedamos petrificados por un momento. Fue así que al mismo tiempo y sin pensar nada más, nos abrazamos y nos dimos un pequeño beso de amor. Sus dulces y apetitosos labios, me dieron la certeza que sigue siendo la mujer de mi vida. Di gracias a Dios por darme tanta felicidad al mismo tiempo. Mientras sus ojos recuperaban el brillo de felicidad, solo atinó a preguntar.

—¿Cómo estás?

—Feliz, ¡estoy ahora muy feliz!

—¡Qué bueno escucharte decir eso!

—¿Y tú, cómo estás?

—Muy enamorada de ti y muy agradecida con Dios.

—Muy lindos tus sentimientos, igualmente los comparto.

María José entonces, y sin ningún preámbulo, dice:

—Bueno mami, sirve ya la cena que tengo hambre.

Todos nos echamos a reír. Taimí y yo nos miramos, como diciéndonos que a María José no le gusta mucho la idea de María Caridad y yo juntos. Creo que está reacción suya sea por la edad. Será un camino por andar de poquito a poquito, hasta que acepte este amor que sentimos María Caridad y yo.

Me senté en medio de mis dos hijas. Cenar a sus lados era algo que soñaba hacer. Agradecimos a Dios por la vida, por la familia, por todo y por todos. Además por este gran país, por lo maravilloso que es y por todas las oportunidades que nos brinda, y comenzábamos a cenar.

Los mellizos están en su cochecito frente a nosotros pero algo alejados, bajo techo. Ellos como adivinos, o porque es también su hora de alimentarse, comienzan a llorar. Maritza se levanta como un rayo y va por ellos, también lo hacemos Taimí y yo. Mientras Taimí se acomoda para alimentarlos, ya Maritza tiene a uno en brazos y yo tomo al otro para tratar de calmarlo también, logrando nuestro objetivo por un momento. Taimí entonces le habla a Maritza.

—Maritza, por favor, ya puedes darme al bebé para darle el pecho.

—Enseguida. ¿Deseas que te ayude en algo más?

—No, gracias. Ve a sentarte a la mesa y aprovecha la cena junto a los demás.

—Bueno, está bien. Con permiso.

Al ver lo tierna que es Maritza, no solo con Rafael, sino también con mis bebés, le digo a Taimí:

—Maritza es tan buena, tan dulce, tan cariñosa con todos, y en especial con los bebés. Desde que llegó está muy atenta de ellos. Me imagino que no sea nada fácil para ella quedar embarazada desde la travesía, y más de la forma que le ha pasado. Ser violada y al final no saber quién es el padre de su futuro hijo. Por lo menos el bebé tendrá una madre tan especial como es ella.

—No solo ese bebé la tendrá a ella, también me tendrá a mí. Pienso que también los tendrá a todos ustedes y en especial a ti.

—¡Seguro que sí! Ella puede contar con todos y conmigo también; en todo lo que pueda ayudar ahí estaré presente. No lo dudes.

—¡Lo sé! Por eso, ya es hora que sepas todas las cosas.

—Bueno dime, aprovechemos esta cobertura y acuesta ya a ese bebé en su cochecito, que este está a punto de llorar nuevamente por su leche.

Taimí acuesta al bebé que ella tenía y toma de mis brazos al otro, para darle de tomar la leche. Se sienta nuevamente y me dice por fin lo que ha tratado de decir muy ansiosamente.

—Mira Yoel, he encontrado mi camino.

—¿De qué tú hablas?

—Maritza es mi pareja.

—¿Qué?

—¡Qué somos novias!

Esta confesión me ha sorprendido mucho. Realmente no me lo esperaba de Taimí. Ella continuó:

—Surgió ese afecto, sentí algo así y ya vez ¡Me enamoré!

—El destino me sorprende constantemente. Me has dejado perplejo.

—Así es la vida, mi gran amigo. Además, mis hijas lo saben, yo no tengo secretos con ellas, pero no lo aceptan del todo.

—¿Por qué te embarazaste, entonces?

—Era una deuda que tenía para quedar bien conmigo misma y sentirme libre. Cuando nos conocimos se lo expliqué todo bien claro a ella y me comprendió.

—¡No sé qué decir!

—Solo necesito que me apoyes. Necesito de tu ayuda para yo también ser feliz.

—Bueno cuenta con todo mi apoyo, y lo que pueda hacer por ti, sabes que lo haré, y de todo corazón.

—Lo sé, solo quería escucharlo.

—Bien, gracias por confiar en mí.

—Gracias le doy a Dios todos los días, por ser tú siempre parte de mi vida.

—Bueno creo que es mejor dejarnos de seguir agradeciéndonos unos a otros, porque si no nunca vamos a terminar. Además veo que el bebé se está quedando medio dormido, parece que ya está lleno, acuéstalo también. Y vamos para la mesa que nos van a dejar sin cena.

Y Taimí y yo nos echamos a reír.

Durante la cena María Caridad me mira varias veces y yo a ella, no hacen falta las palabras para saber que morimos por estar solos, darnos el amor y las caricias que extrañamos tanto. No aguantamos el no tener contacto físico, por lo que de vez en cuando, nos rozamos las manos. Pero nuestro amor no es el único que brilla en aquella tarde noche. Los ojos de Alberto y Rafael chisporroteaban de felicidad al mirarse. Taimí comparte parte de su atención con Maritza, mientras florecen sonrisas cómplices en sus labios. Nuestros hijos ríen y juegan juntos, cuidados por la mirada de todos, porque por ellos hemos llegado hasta dónde estamos, y por ellos hacemos lo imposible, posible.

Todos juntos reímos y en ocasiones lloramos de felicidad, pues aquella era la primera cena de las tantas que luego disfrutamos por el más bonito motivo: *"el reencuentro del amor y la felicidad"*.

Made in the USA
Middletown, DE
28 January 2023

23183918R00085